张曼娟 主编

余光中 痖弦 蒋勋 ——

等著

陪我走一段

江苏凤凰文艺出版社
JIANGSU PHOENIX LITERATURE AND
ART PUBLISHING LTD

图书在版编目（ＣＩＰ）数据

陪我走一段 / 余光中等著. -- 南京: 江苏凤凰文艺
出版社, 2019.3
ISBN 978-7-5594-3377-0

Ⅰ. ①陪… Ⅱ. ①余… Ⅲ. ①散文集 – 中国 – 当代
Ⅳ. ①I267

中国版本图书馆CIP数据核字（2019）第034524号

书　　　名	陪我走一段
作　　　者	余光中 等著
责 任 编 辑	唐　婧　黄孝阳
出 版 发 行	江苏凤凰文艺出版社
出版社地址	南京市中央路 165 号，邮编：210009
出版社网址	http://www.jswenyi.com
发　　　行	北京时代华语国际传媒股份有限公司　010-83670231
印　　　刷	北京中科印刷有限公司
开　　　本	880×1230 毫米　1/32
印　　　张	9
字　　　数	180 千字
版　　　次	2019 年 3 月第 1 版　2019 年 3 月第 1 次印刷
标 准 书 号	ISBN 978-7-5594-3377-0
定　　　价	48.00 元

目 录

Contents

第一章

人生不惧成长，初心仍如少年

曾经以为，会在凌冽的生活撞击下一直沉沦。当时光流转回头发现，生命里最有意义的事，不是我活过多少日子，而是我记住的日子里，所过的每一天，都有你。

第二章

探索自我，是一生都要做的功课

在这个世界上，每个人都曾遭遇孤单困境，经历迷茫与不知所措。
但是不要紧，只要我们不停地尝试自我更新、自我成长，那么，
在黑暗隧道的另一头，一定会有属于你的一盏灯。

第三章

爱可以改变世间的一切不美好

没有人是一座孤岛。失去了爱，也就失去了生存的意义。愿我们无
助难过的时候，这些有爱陪伴的时刻都能长出灿烂的花来，温暖漫
长的黑夜。那是岁月留给我们最好的礼物。

第四章

行走中看见希望和力量

人这一辈子，所受的苦不是苦，都不过是一块跳板。归零，再出发，
不要着急给出答案。把焦点放在想要的未来、而不是失败的过去，
你终能从痛苦中抽身、改变、成长。

第五章

永远对生活有所期待

每一个小事都认真做，每一个瞬间都用心过，努力追上时代的成
长速度，每一天都要全力以赴，努力对生活充满期待。

人生不惧成长，初心仍如少年

1

第一章

曾经以为，会在凌冽的生活撞击下一直沉沦。

当时光流转回头发现，生命里最有意义的事，

不是我活过多少日子，而是我记住的日子里，

所过的每一天，都有你。

· · ·

最坏的时光

郝誉翔 / 文

　　朋友帮我看紫微命盘，说我命中最坏的一段时光，是14到23岁，而最好的呢，是104到113岁——"假如你活得到那时候！"他笑得很是得意。

　　经他这么一说，我心中倒是一惊，紫微居然这么准！最好的时光应该是熬不到了，但最坏的，到目前为止，我心中却一清二楚。原来这一切早在上帝的簿子里记载分明，我疑心地看着命盘：地空、空亡、天哭、白虎……一堆坏字眼，全集中在同一个时期里。我看得恍惚，却不禁联想到《红楼梦》第五回，贾宝玉游太虚幻境乍见到十二金钗正册的情景。

　　难怪别人的年少是阳光灿烂，但我回想起来，却是灰色的青春残酷物语。那时我家住在北投，二十几平方米的小公寓，母亲为了增加收入，在附近开了一间很小的台球店，偶尔叫我去帮忙，我总是板着一张脸，拿粉笔计分，排球时，又把球丢得咚咚作响。店里面养着两只小白兔，长得很肥，塞满了整个笼子。公兔老是喜欢趴在母兔的身上做爱，也不嫌腻，却总是引来打球男孩的一阵哄堂大笑，还轮流把球杆伸进笼子里，恶意地戳弄公兔的下体。

我坐在一旁，冷漠地看着，从来不阻止，我连自己都救不了，还管得了兔子？当不顾店的时候，我总是一个人在家里，那时的北投很荒凉，除了草丛，就是稻田，晚上黑漆漆一片，狗吠、蛙叫、虫鸣，全都历历分明，听来格外叫人心惊。因为孤独，我不爱待在家里，认识了一群外校同年龄的男孩，大家一样的贪玩，穿着明星高中的制服，每天四处晃荡，很有毁坏校誉之嫌，但我们也不在乎，半夜闯入台北新公园探险，周末又搭火车到淡水海边。

玩到没地方可去了，有人提议到台北故宫博物院去玩捉迷藏。我们都觉得这个点子酷极了，热烈讨论一番，幸好没有真的付诸实行。不过，不知怎么搞的，我的脑海里总会浮现出那个画面：在台北故宫博物院一间又一间流淌着幽暗光线的展览间中，所有的同伴全都消失不见了，只剩下十几岁的我还穿着黑色百褶裙，白色皮鞋，一个人在里面没完没了地奔跑着，惶惶穿过了一屋子森然的青铜器，古老的兽面冰冷而骇人。

又有一阵子，我们迷上了电话交友。回想起来，那和网络聊天室实在相似——原来社会日新月异，但剥开了科技的假面后，其中包裹的，却总还是一颗陈旧的老灵魂。我们之中不知是谁，先是在西门町的电线杆上发现了一组电话号码，像是可疑的暗号，而当发现了一个之后，才察觉到它居然无所不在，秘密地流传在厕所、墙壁、电话亭之间。男孩们高兴极了，仿佛无聊的生活又打开了一扇新窗口，于是各自回家狂打，聚在一起时，便炫耀说在电话中又认识了小芳、小美之类的女孩。而其中，打得最疯狂的就是W。

其实，我已暗暗喜欢W好长一段时间。每当玩扑克牌时，输家要被弹耳朵，我弹起W，总是又狠又准，啪的一下，他的耳垂就要红肿半天，我的心中因此有了一股奇异的快感。后来，又嫌弹耳朵不够，大家提议要盖棉被——把输的人盖在棉被下，大伙儿跳上去狠狠践踏一番。我疯了似的踩着W，当其他人都歇脚了，只有我还不肯下来，心中是那样的快乐与悲哀。然而，每当我们围成一圈，W神采飞扬地讲起电话交友的奇遇时，我沉默地坐着，觉得他忽然变得遥远且陌生了，直到我再也忍耐不住，爆炸开来，把他们狠狠斥责一顿后，自己一人搭公车跑回家中。

但回到家，还是只有我一个人。我在黑夜中摸索着，打开了灯，亮晃晃的光，却叫人更寂寞得难受。我蜷缩在椅子里哭着，哭到连自己也乏味了，才抬起头来，靠着冰冷的水泥墙壁发呆。然后我拿起电话，第一次拨了那个交友的号码。而那真是一次诡异的经验，电话接通后，就像是掉入一个巨大的黑洞，我听到许多人在洞中叫喊着："我是小文，呼叫美美""我是安迪"……仿佛大家全落在深夜的汪洋大海，奋力地向前游着，偶然才在迎面而来的浪尖上，望见了一张陌生的脸孔。在电话中，我化了一个似乎是"小青"之类的名字，疯狂呼叫起W，当终于和他说上话时，却是滔天的大浪打来，两人都是口齿不清。我还记得，自己假扮成一个商职的女生，捏起嗓子说话，W却是半信半疑的，因为我的声音实在熟悉，而我只好努力和W撒娇调笑，一边却又止不住心中的愤怒逐渐高涨，无论如何，我都再也乔装不下去了。一出蹩脚的戏，眼看就要穿帮，我咔嚓一下切断电话，一霎时，公寓又回复到原先的寂静状态。

深夜里，屋外落起了急雨，嘈嘈切切，天空破开了个大洞，仿佛正任性地把一切不管好坏，全都丢到了人间。然而事实上，大家在电话中最感兴趣的，不是女孩，却是一个叫"稻草人"的男孩，机车店的黑手，连中学都毕不了业，一口台湾话，又拙又呆，哪里比得上这些伶牙俐齿的高中生？W最爱捉弄他，但有一天，我们忽然再也不玩这个游戏了。W在呼叫"稻草人"许久后，没有回应，才有人幽幽说，"稻草人"死了，骑机车被撞死了。我似乎可以看见他趴在地上，就是一个稻草人的模样，而身躯被车轮辗得支离破碎，散落了一地凄惶的草梗。

我们再也不提电话交友，紧接着，就是暑假，我们升上高三，男孩们忽然正经起来，他们的志愿是医学系，便结伴跑到山上，住在庙里苦读。我难得上去探望，发觉他们个性还是没变，漫山遍野的金龟子，全被他们用修正液在背上涂了编号，但居然也没死，还趴在草丛中，翅膀闪闪发光。联考结束后，我上了台大，男孩们全进了南阳街补习班，彼此渐渐就没了消息。

悠悠二十年过去了。上个月搬家整理东西时，又无意间翻出读女中时的照片，我的左手搭在死党K的肩膀上。K长得很美，身材停匀，又最善良，当同学们劝我，不应该和一群外校男生厮混时，K却总是带着一抹理解的微笑，从来没说过什么。前些年，高速公路上客运大火，K也在车上，当我从电视上看到K的照片时，眼泪不禁扑簌簌落下。她是到台中做义工，才迟归不幸搭上了这一班死亡的车。善有善报，莫非都是一些骗人的谎话？而K送我的波斯猫，还躺在沙发上呼呼大睡，浑然不知主人的命运，但我却从照片中的我的眼里，看到了斑驳的阴影，清楚地浮现出来。十七岁的我，笑得既忍耐又牵强，仿佛早就已经预知到了，这是一段被空亡和天哭星所盘踞的时光。

郝誉翔

台湾大学中文系博士，曾任台湾东华大学中文系教授。
曾获联合文学小说新人奖、时报文学奖等，
著有《上海教父1920》《衣柜里的秘密旅行》《松鼠自杀事件》等。

想念的记忆

李仪婷 / 文

在我还没认识福隆这个地方之前，我先认识了福隆便当。

不是因为我贪吃，这一切都是因为我爸太节俭的缘故。

那一年，我才小学三年级，刚要学数学中的乘除法运算。一天，我爸就拉着我，对我说：想不想出去玩？我摇摇头说，不想，因为我还有很多数学习作没写完。而且我知道我爸根本不是要出去玩，他是要去宜兰开教师研习会，跟玩一点关系也没有。

我爸自从跟我妈离婚后，就变得非常黏我，好像我才是他老婆似的，不论做什么，没有我在旁边的话，他都一副要死不活的样子，再这样下去，我可能真的得嫁给他，但问题是，他大我五十岁，而且长得几乎跟我一模一样，我没事干吗嫁给我自己？我头脑坏掉才会答应这门婚事。

我爸看不出我的烦恼，他一把把我正在写的数学习作拿了去，然后瞄一眼说：这么简单，只要观念正确，这些很快就会解决，老爸教你。

我心想完蛋了，我爸这个人只会搞砸事情，被他这么一搅和，肯定不会有什么好事。我爸自顾自地说起他对数学称不上是知识的论述，他说：数学中，只要了解什么数字最大就行了，知道吧？答案是无限大，那更大的数字呢？当然是无限大乘以二，很简单吧？我爸哈哈大笑，一副很乐的样子，还要我赶紧把他自创的答案写进习作里，我就知道事情会变成这样。

我看看我爸，又看看窗外头，窗外其实没什么好看的，因为窗户的纱窗孔洞都被经年累月的灰尘盖住，根本看不到外头景色，最后我终于受不了我爸的笑声，对我爸说：你去宜兰开会带着拖油瓶，你不觉得烦吗？不要再来烦我了。

我爸没有再说什么，我以为我说服了我爸，哪知道他根本就放弃跟我沟通，趁我还在睡觉的时候，直接把我扛上火车，隔天等我醒来，我已经坐在开往东部地区的列车上了。

我在火车上又叫又闹，哭着说：上课要迟到了，而且数学作业也没做完，我死定了。我爸很得意又不失风度地安慰我：这辆火车只会往花东开，不会去学校，要我放心。至于数学习作，他说，只要我知道一乘以一等于多少就行了。

火车轰隆隆地往东飞奔，窗户干净得几乎要以为凉风随时会迎面刮进窗内。当火车时速从几近一百降至六十，火车过弯时，山洞来了，我在漆黑的肠道内不知道流了多少泪之后，火车又长驱驶过黑暗。那一刻我不由自主地把眼睛眯成一条细缝，因为我从没想过这辈子看过最刺眼的阳光，竟然是从海上反射而来的。

"看到了吧，那就是传说中的东部海岸线，美吧。"我爸说。

蔚蓝的海岸线，加上刺眼的波光，我想我一定是被窗外透亮的景致给吓傻了，因为我跟我爸说：一乘以一难道会是一百？而且这跟我没去上学又有什么关系？

我爸敲了我的头，说：连这都不知道，一乘以一当然还是等于一，这样知道意思了吧？我看看我爸，又看看窗，窗外呼隆一声又变黑，我说：意思是我们破产了？我爸摇摇头，说：你没救了，这个意思是我一个人去宜兰和带你去宜兰，火车的价钱是一样的，懂了吧，所以不去白不去。

我到那时才明白我爸到底在说什么，总之，意思就是，我长得太矮，坐火车不用钱，换句话说就是我是免费附赠的。

我不知道我到底坐了多久的火车才抵达宜兰，我只知道这一路上，我爸为了安抚我的情绪，像个火车推销员似的，不停地跟我推荐福隆便当有多好吃，并且跟我拍胸脯保证，说我一定会喜欢，因为我妈在离婚之前，也对福隆便当赞不绝口，简直是饭Q味美肉大块，更重要的是，价钱非常便宜。

我爸说，等他开完会，从宜兰坐平快车回来，经过福隆，我们就能在月台上像捞金鱼那样，随便朝月台上的人丢下几枚铜板，就能捞到一个饭盒回来。

其实不管我爸说得多么口沫横飞，我都对福隆便当没啥兴趣，因为我爸虽然是个老师，但是他说的话比第四台卖东西的销售员更不可靠，几乎没有一样可以相信，不过每次我反驳我爸说的话是屁话的时候，他都会露出满口瓷白的牙齿，带着既得意又不好意思的神情说：不然怎么骗得过那些学生，你不知道现在老师有多难当！

我陪着我爸到了宜兰参加完活动，已经是下午一点多，原以为我爸至少会带着我到宜兰市中心走走晃晃，买点东西，塞一点东西到我肚子里，天知道我饿得快要昏过去了，只是谁知道一出了学校会议室，我爸就拉着我，直奔火车站，像拦计程车那样，一边随性坐上停在月台边的火车，一边低头跟我说：笨蛋才会去市区当冤大头，福隆便当才是这趟旅程的重点，懂了吧。

我不知道我或者我爸到底是不是笨蛋，我只知道我虽然很矮小，肚子也不大，但是再怎么样小的肚子，只要一饿，也会像用过的牙膏那样扁得快吐出肠子来了。

最后我什么都没说，选择乖乖地跟着我爸一起坐上往北的火车，和来的时候不同的是，这次我们坐的是区间车，那是一种坐垫比钢板还硬，速度比骆驼稍微快一点的列车。我跟我爸抱怨，只不过是一个便当，有必要把自己弄这么狼狈吗？我爸敲了我的脑袋，说：你以为钱很好赚吗，等你穷到连鱼饲料都觉得好吃的时候，我看你还能多高尚。我不知道我爸在说什么，因为我经常看见我爸在三更半夜把学校托他买的鱼饲料塞得满嘴，被我看到的时候还骗我说那是鱼松，叫我跟他一起吃。

鱼饲料真是一种奇怪的食物，吃的时候觉得很香，吃完之后却是满嘴的大便味，如果不计较事后的味道，鱼饲料倒是很适合算数学的时候，一边运算一边打发时间的时候吃。

火车轰隆隆不知道走了多久，外头蒙蒙下起雨来，雨丝打在火车半截矮窗上，像勺子，接着弯弯斜斜打在我脸上。我爸帮我把矮窗压阖，我爸问：饿不饿？我说饿死了，真想吃鱼饲料。我爸说：再忍忍，下一站就是福隆了，等一下就有香喷喷的便当可以吃了，你要吃几个？我问我爸：我能吃几个？我爸掏出口袋的零钱说：不能让他们赚太多，我们还是一起吃一个就好。我想，当时我一定是饿晕了，才没有力气再反驳我爸说的话，也许等我吃饱了，再来抗议也不迟。只是我忽略了一件事，那就是我爸太相信福隆这个小火车站的月台便当了，而我则太相信我爸的鬼话，因此火车停靠在福隆时，月台上冷冷清清，根本没有卖便当的小贩，只有站长在月台上吹哨指挥示意列车长停靠，除此之外，连一只猫都没有。

"怎么会这样？怎么会这样？"当我爸急得像猴子，不停地吱吱叫的时候，列车又缓慢地启动，不管我爸怎么哀号，火车都一路往北，再也不会回头了。

福隆真是个奇怪的地方，在我还不认识这个地方之前，我却先从我爸的口中拜闻了福隆便当是多么丰盛。实际上，福隆站却是一个只要你一出站，笔直往前走五分钟，就会掉进海的地方。在那样靠海的环境中，所特产的便当，传说是为了让到海边海钓的人们方便一边钓鱼，一边填饱肚子才孕育而生的，然而便当里的菜色，却没有半样来自海中的鱼货，仿佛海上的人们思念土地似的，里头尽是卤蛋、豆干、鸡卷、香肠、高丽菜、酸菜等陆上盛产的佳肴。

那一年，我和我爸都没吃到福隆便当，但是在成长过程中，那便当的滋味却永久留在我记忆中了。

李仪婷

台湾六年级最有史诗叙述魅力的小说家，
著有《流动的邮局》《妈祖不见了》等。

断线

吴钧尧 / 文

三十年前在金门、二十年前在三重，兄弟三人还睡一张床，还在一个屋檐下。

三十年前在金门，哥哥十六岁，我十二岁，弟弟十岁。金门昔果山，三合院厢房里，一张双人床不只睡了我们兄弟，最多的时候，还挤了三个姐姐。弟弟有时跟父母亲同宿，有一天早晨，我盥洗后找弟弟。母亲偏头，坐在化妆台前梳发，弟弟呢？还熟睡，不仰脸或侧身，而匍匐着，屁股翘得高高，双手枕脸。我跟母亲相视一笑。我搔弟弟屁股，他手一挥，像牛，拿尾巴驱赶苍蝇，再捏他鼻子，他一口气吸不过来，终于醒了。我跟母亲哈哈大笑，他却不知所以然。

最早是大姐、二姐，然后是三姐，渡海离家，在南崁加工区上班。当时，离家赴台上班挣钱，是现实跟时尚，也是一种幸福，姐姐们蒙在前程似锦的假象里，在塑料花的产品线上匆匆结束了她们的童年。姐姐们在每年农历过年前,搭舰艇返家。一九七一年间,只赖信件往返,告知船班,船能开或迟开,得看风浪,我常跑到屋后空军营舍边,望灰灰大海,找寻讯息。海平线不是一条线,更像一个洞穴,那里有一扇天方夜谭里的巨大石门,得试上各种秘语,才得找到钥匙。

不止我一个人望着海,有时候是一大群人。那簇拥的样子、那焦虑却佯装无事的样子、那虔诚如举香顶礼的样子,让我们簇拥的模样越来越小,而海以及未知的命运却越来越大。有船舰从洞穴释放出来了,越来越大,如果是货轮,村人难掩失望,若是军舰,村人说,是啦,就是那艘船,他们要回来了。村人各自回家,时刻留意门外动静。

姐姐们返家,跟军舰从高雄港出发的时间一样,变化不定。有一回,姐姐上午回家时,我正挑着两麻袋落叶当柴火。二姐迎面走来,我喜出望外,二姐接过我的担子,她的神情我记得清清楚楚,那是说辛苦了,留在家乡的弟弟。不多时,姐姐们再起航料罗湾,回南崁上班。几年后,大哥到台湾学车床,家里只剩下父亲、母亲、我跟弟弟。已忘记大哥离乡那几年,谁来早起喂鸡鸭,且煨暖猪饲料,料是母亲一人扛作了。若记忆是一只口袋,肯定有了漏洞,当年我未满十二岁,弟弟不满十岁,父亲趁远洋捕鱼之余,才得耕田锄草、播种收割,家里的田却一块也没荒过,玉米、花生、高粱、地瓜,依然丰收,一家人劳作的力量远超乎我的想象。

大哥离家，要比姐姐们让我感受更大。从小，大哥就护着我，我也随他犁田、播种跟耙草。大哥从小就兼负持家任务，能在寒风冻裂脸颊的冬天克服温暖的被窝，快速升灶起火，炒一盘香喷喷的猪油炒饭；他手臂不比初生的玉米穗粗，却能持犁驭牛翻田。我童年有很大的一部分跟大哥相随，直到他离家，看不到大哥的背影后，弟弟才真正成为我的弟弟。

二○○七年夏天，我跟弟弟两家七口相偕回乡，我问他，可记得有一次上学途中，他闹肚疼，蹲地上，他的同学拜托士兵载他上医院？弟弟身为当事人却忘了。我能牢牢记得，是因为我并没有陪他蹲在旁边，也没陪他就诊。那天中午，返家午餐后再到校上课，我认为，弟弟得忍耐住小小的病痛。我会这么想，是从小养成的习惯，在战地成长，没熬病跟忍痛的韧劲是不行的。弟弟蹲在渠道上的身影慢慢变小，我转弯，绕进校园时，还确信弟弟能够自己站起来，走到学校。他没能站起来，也没有记住这段往事，反倒是马路边那团黑点像一滴遇热后熔化的柏油，我没有记忆的酒精，挥发这一段往事。

几年后，父亲、母亲、我跟弟弟，踏上金门人的共同迁徙路线，上军舰，登陆高雄港，搭柴油火车一路鼓噪北上，落脚三重。我读初一，弟弟读小学五年级。而今，我的孩子也读小学五年级了，我每天仍习惯牵他的手，过几个车流较大的路口，才放心让他自己走，而当时，我却忽略弟弟只是十岁大的孩童。若说，十二岁的天空是太低矮了，不足以看护十岁的云，那么，三十岁、四十岁呢？

我在十二岁那年，发现了弟弟，但几年后，却再度遗失。

手足间，若没有吵架、玩闹，就没了真正的情谊。大哥跟我玩闹，把我压在木麻黄树根下呵痒。他闹、我笑，他没罢手，最后，我是哭了。这一哭仿佛成就了不可磨灭的意义，成为我跟大哥交集的往事。迁台后，姐姐们跟大哥多在假日返家，但他们已过了玩耍的年纪，我没有选择似的，跟弟弟玩在一块。嬉闹的空间从金门的乡野变成了客厅和房间，不再有蝴蝶可扑，没有蝉可以抓，更找不到任何一株相思树，爬树干，摇枝丫，甩落栖息树上的金龟子。

我们骑马打仗，钻进被窝里闹，假日则相偕到操场打棒球。差距两岁，吵架难免，一次为了争看电视，我跟弟弟扭打。在金门读小学，学过微末的跆拳道，我推开弟弟挥拳砍劈，仍占不到上风时，只好飞腿攻击。很多年后，弟弟的两个女儿已长到会吵架的年龄时，我跟她们说，你阿爸，小时候跟阿伯打架，竟说打架不得用腿。她们忘了跟我打架的是她们的爸爸，都说，打架还有规定啊，真好笑。

弟弟升中学后，从小接受的从军报国信念居然萌芽，投考士校。对弟弟从军这事，我曾否宽慰、了解？而今思索，像望进时间的大雾，不仅弟弟迷失了，我也遗失在雪茫茫的雾色中。若说，人生当中或多或少都有一个谜一般、雾一样的时间，中学岁月对我，即是如此。我迷失在乡愁里，且不知未来走去何方，傻傻地过每一天，一有零钱、闲暇，都赶往漫画店报到。

不过，却有一条路线明明白白属于我跟弟弟的。那是假日，我跟弟弟从三重住处，过三和路、接自强路、转正义北路，到金国戏院、国园戏院，或已拆除的天台跟天南戏院，度过好几个下午。这一条路，代表兄弟俩对城市繁华的初度认识；这一条路，我现在每回走过，时间之线就起了棉球，我再看到弟弟那缺乏思索跟快乐洋溢的一张脸。

高中联招考场在西松中学，陪我考试的是弟弟。不知道他怎么度过那无聊漫长的两天？当我与数学、语文、英文、地理、历史等学科对抗时，弟弟是怎么对抗那一格一格的寂寥，而能在有限的下课时间，仍一派天真、仍饶富兴致？不可思议的是，我在弟弟高中应试时，却因学校联谊而缺席了。高中毕业后，大哥在新庄谋职，住在家里，我则选择提前入伍。偶尔放假回家，与大哥同宿，弟弟拥有他自己的房间。

有一次提前在周五返家，未开门，门后就喧哗阵阵，打开门一看，弟弟跟同学七八人，在家里打麻将。我怒喝，都给我滚！不一会儿，弟弟的同学走得干净，客厅内只余弟弟，跟他羞愧、涨红的脸。这是我第一次动用哥哥的权威，我没在往后的日子使用过，也不知道那权威在今日还存在否？但这件事告诉我，弟弟已独自孕育他的人际，一个完整如我、自私如我的世界。

服役、上大学，跟弟弟的交集渐少。父母亲为大哥买了房子，我大学毕业，跟哥嫂同住，也就近购屋，兄弟各自成家，姐姐们远嫁，再难像童年聚首。人间的聚、离，竟匆匆完成。

兄弟再同寝，却在外婆出殡时，一起下榻饭店。这也是兄弟三人，三十年后同在金门。丧事后，回返旧居，远远看到屋顶上几名工人铺设屋瓦。父亲说过，屋梁白蚁蛀蚀，非换不可。门、窗、地板，随之更换，看似焕然一新，实却面目全非。工人为方便拆卸屋瓦，砍了屋后的木麻黄。它的树干长得粗实，得两人才得环抱。屋顶少了树荫，屋内添上新漆，像个秃子，染了皮肤病。侧门的防空洞已经掩埋，后头的猪舍废弃多时，再过去的林子依旧蝉响，却没有够高的竹竿能够着它们。树林却蔓延到路上，林内蓊郁，蜘蛛网密布，我望见童年在里头穿梭玩乐，却走不进去寻旧。

前一晚，兄弟三人也没多余的话。我问弟弟，可记得有一年元宵节，我、他跟堂妹，在外婆家盘桓多日，三个人跟外婆挤一张床，三个人来回昔果山跟榜林村，步伐小、马路长，走得久久才到。弟弟想了一下，摇摇头，宽慰自己说，隔那么久，哪能记得？

金门的路开得多，回乡路也跟着变多，然而，两家七口同游金门时，还得赖地图指南。弟媳妇调侃说，你们不是金门人吗，怎么都不认识路？我跟弟弟只能干笑，额头冒汗。

不过，真有那么一天，弟弟不识得回家的路。那晚，弟媳妇来电，请我一起到中山北路，接喝得烂醉的弟弟。找到弟弟时，他已被店家赶到门口，几名警察环伺周遭，像伺候弟弟抽烟，实则监看着。弟媳妇在车上说，他到内湖参加同事荣退餐宴，不知后来如何续摊，进了酒店。同僚怎么离他而去的细节，弟弟事后也说不清楚，警察跟弟媳妇说，喝醉了，怎么拉都不走。我下车，拉他走，警察这时问，这是你的什么人啊？弟弟说，这是咱大仔。弟弟没醉，还能辨识我，他尾随我走几步，却不愿意上车，反向对街走。问他去哪儿？他说回家。

这不是你的家，你回哪儿呢？谁说不是，我家明明就在这里。

我索性拉他走向对街，找门牌证明。他是醒了半秒或一秒，还是不愿意僵在自己的错误里，终于随我上车。进大楼车库，开车门，扶他进屋。这是我第二次到他的屋子，十年前还崭新亮洁，现今却多杂物，以及两个女儿。扶他上床，脱掉他的上衣，解下牛仔裤拉链，扯裤脚，脱下裤子。床上躺着只着内裤的弟弟，同时也是一个女人的丈夫跟两个女儿的爸爸。

但在那一刻，我像是刚刚发现，我有一个弟弟。

弟弟家在三重永福街，搭计程车，十分钟可回我家。几个转弯，车子上三和路，等过红灯。车子一启动，我疲惫地往后仰。
我意识到自己睡着了，也因为这样的意识而惊醒。我愣愣看着街
景，好一会儿，才想起我为何在这里。车子还在三和路，司机没
绕远路，按我指使的开往仁爱街。刚刚睡了多久，三秒或五秒？
在这刹那，我睡得精熟，仿佛切断我跟这一个夜，以及这一生所
有的联系。

　　车子停妥五华街巷口，往前走，就到家了。

　　家，停在黑暗的海洋上，它居然就流动了起来。

吴钧尧

台湾作家，曾获"中央日报"、联合报、时报等短篇小说奖，
台北文学等散文奖。著有《女孩们经常被告知》《那边》《金门》等。

陪我走一段

李冠颖 / 文

我求学的第一个记忆和我妈妈有关。

可能是三岁或者四岁，连幼儿园小班都还没有入学的时候。我在新买的弹簧床上睁开双眼，耳朵旁传来少女的祈祷的乐音，我还不知道声音从哪里来时，它就悄悄溜走了。

我起身往厕所走去，厕所木门很旧了，潮湿得像刚从海中打捞出来，我敲敲门，妈妈在里面，她走了出来，说今天要去上幼儿园了。

紧接着记忆的画面跳至一楼门口，我在大包的饲料上翻滚着玩，我家开了间动物医院，爸爸是兽医，印象中店内的狗都比我高快一个头，龇牙咧嘴的好不吓人。趁我发呆时，家门口偷偷停了辆娃娃车，我好奇地跑出门，里面走出一个很年轻的大姐姐，她搽着很鲜艳的红色口红，我躲到妈妈的后面，我说我不想上学。

妈妈和老师聊了一下，老师本来要过来劝我，但妈妈说没关系，于是老师挥了挥手就和一车子的小朋友走了。妈妈则进去店里推出那台红色很老很旧，还会冒出黑烟的伟士牌摩托车。

妈妈发动后，我坐在她后面抱紧她的腰，她在一条大马路上缓缓行驶着，路上没有什么车和人，远方有一幅很大的彩虹看板。我抬头往前望，几乎以为自己要陪妈妈飞往彩虹的另一端。

而那竟已是十六年前的事了。

十九岁的我在老旧的弹簧床上醒来，时间才五点十三分，昨夜梦到了儿时的往事，一时尚在恍惚岁月流逝之快，往窗口望，雨滴答地在下，楼下似乎还藏着那辆娃娃车，我怔忡了一会儿，才记起今天是回台北的日子。回一所我即将休学的大学。

我的智商一百四十多，接近一百五，但求学的过程始终称不上顺遂。从幼儿园到现在始终如是，要从法律系休学也是人际关系再一次出了问题。大概是礼拜五回来的时候，我对家里说，这个学校我读不下去了，我要转学考，如果失败了就休学，去补习班准备考兽医。爸爸一听立刻破口大骂："别以为兽医很好考了！我当兽医很辛苦耶。为什么你总是做什么都不能坚持到底呢？如果你考上兽医后又想要放弃呢？"

但我没有回答他。

爸爸的脸色铁青，他一定觉得自己很倒霉，生了一个动不动就转学、休学的儿子，从中学就要带他去看精神科，要将他送去精神病院老婆又反对。真是难养死了！我边将安眠药放进行李，边这样想。安眠药还剩下五颗，但有时我一晚就必须吃到五颗，当然知道这对身体不好。佛说：心无挂碍，无有恐怖。如果我可以做到心中没有烦恼的话，我自然就会停药，可是这对我太难了。

"准备好了吗？"妈妈轻轻敲了敲门，将我再次拉回现实，是该出发了。

这是我三个月来第一次回家，而我也仅在家里待了一天半，我和妈没有说太多话，坐在一起看电视时，她将几件新买的衣服硬塞给我，说台北物价贵难买到好衣服，但妈妈买的样式都很土，像她上次买的毛衣我从冬天放到夏天，又冬天，仍是簇新地躺在衣柜里，像是未见过世面就先寿终正寝了。

那几件NET的衬衫便随意放在客厅的沙发上，但妈妈锲而不舍地又将它们装进袋子叫我放进背包，我颇为不耐地对她说："就算我拿了，我也不一定会穿啊！放在家里就好了。"

"还是拿走吧，反正下次你回来我还是会再买，你就拿走吧。"

迫于无奈，我还是收下。感觉衣柜又添了不少废物。

汽车开至客运站时才五点四十分，巴士六点出发；买票后，我和妈去吃早餐，我一直盯着天空发呆，雨是越下越大了，希望车程不会被延误才好。五点五十六分，谢天谢地巴士终于来了，我跟妈迅速挥挥手，请她好好保重身体，便头也不回地上了车。

找到位置后，我开始打盹，坐隔壁的老头突然敲敲我的手："少年啦！不好意思，你可以和我女儿换个位置吗？她坐在后面那边……"于是我走到车后靠近洗手间的位置，这儿透过窗口可以瞧见客运站的景象，驾驶员火气十足地和柜台人员不知道在争论什么，我侧着身往下望，看见一把紫色小伞在大雨中兀自伫立着。

不会是妈吧？她应该已经回去了。我仔细看那人的穿着，妈妈竟然还站在原地眺望。

巴士非常高，我站起身同她招手，想叫她快点回去，但她没有看到我。妈妈只是一直站着，凝视着尚未发动的巴士，她在目送我的离去。

我知道她是想要看见我，但是窗户的玻璃早被锁死了，我还在想要不要下车叫她快点回去，不要再傻傻给雨淋了，驾驶员就砰砰砰地冲上车，巴士便发动了。妈妈仍站在雨中，一动也不动地看着车子慢慢驶离她的视野，我望着车窗外的她逐渐缩小，慢慢成了车窗上一小滴紫色的雨点，等车拐了一个弯后，我就完全看不到妈妈了。

心中有种说不出的难过。我的妈妈在她的人生中总是扮演着不说话的配角，安安静静地陪着我，支持她孩子的决定，印象中她不曾骂我或是打我，当医生宣布我是个过动儿，是攻击性人格，是躁郁症患者，是……她所做的只有体谅。

在这十六年来，她无论日夜都陪在我的身边，妈妈用加倍的爱与谅解呵护我，只有她会大声反驳别人，说她的孩子并不是坏孩子，他只是不懂得表达自己。妈妈选择相信我，相信那是她孩子自己选择的人生。她给了我别人不曾给我的爱，但随着年岁日长，我却渐渐忘了去珍惜，这份难得的缘。

我想起昨夜的梦。在我小时候，妈妈可以载我。但现在我就将二十岁了，妈妈也老了，当永远长不大的小男孩又逃避现实时，她再也没办法保护我，妈能陪我的路可能就剩下一小段了。妈也只能默默地看着我，希望那个从小就从老天爷手中偷跑的早产儿，能好好地走完全程，不要再半途而废了。她希望的也仅是这样，但我却一再让她失望。

车内喧闹非常，隔壁的少女把耳机开得像是音响，我想控制住情绪，于是我随手打开了妈妈硬塞给我的袋子，赫然发现了两千元用小夹子固定在衣服上。

我激动得难以言语，感觉车内车外同时下起了倾盆大雨，旁边的少女一定觉得我很奇怪，怎么看着衣服就开始哭了，到底都几岁的人了？我想我那时的样子要多笨拙就有多笨拙。我猜想妈妈应该已经离开她站的地方了，但我却一直有种感觉，妈妈似乎还是在雨中，坚持要目送着那使她日夜操心的孩子，依依不舍地看我远去。

李冠颖

台湾作家。

来到旷野

心岱 / 文

我的书桌上，摆放了一个水晶镇纸，很厚重的长条形镇纸，上面刻有一首刘长卿的诗，这首诗由一个高中学生的书法题作，由于字写得实在太美了，学生的妈妈便拿去复刻做成镇纸文具，赠送给喜欢的知音。

它似一幅画作，让我在案头书写之时，犹如一幅山水，恒常在我眼前矗立，它传达了一种"无限能量"的声音，使我感到被鼓舞与祝福之意，书法的力量，在有形与无形之间，我看到了书写者的智慧与质地。

对于琴棋、书画、射骑……这些古代文人必须具备的才艺，我充其量只能称之为"欣赏者"，其中的书画我尤其倾心，但是，我没有机会受教，以至在书法艺术的创作前，我总是兴起敬佩之情，感激创作者手连着心，融合了才情与热情，把这古老的美学带进现代生活，丰富了我们最需要的心灵之境界，为这个世界展现了美妙的奇迹。

我的父亲也是书法的狂热分子，在我幼年时代，我和姐姐们经常被点名做"志工"，就是要陪伴在爸爸身边，从铺纸、润笔、端砚、磨墨开始，当爸爸在书写时，还得"静音""勿语""站直""凝视"，这些被要求的过程，对一个孩子来说实在很沉重。

可是，谁要我生长在鹿港呢，鹿港是一个在清代繁荣到了极致的港口，不仅两岸贸易相通，远至欧美都有船只进出，应该算是台湾第一的世界港口。

这样的历史背景，造就了百花齐放的文化交融，即使后来港口没落，鹿港变成了一个隐藏在西部滨海区的封闭小镇，但文化的底蕴却没有因为时空的变迁而磨蚀，反而让鹿港人充满了特殊的气质。

这气质来自家家书香门第，来自人人朗朗诗声，来自处处浓浓墨香……我生长的故乡啊，就是这样的氛围，我从小看父亲写书法，一写就是大半天，他为邻居写喜帖，为乡民写轴联，为庙会写对联，为镇上官衙写匾额……总之，凡镇上的"婚丧喜庆""逢年过节""神诞庙会"，父亲都会"参一咖"，丢下了店面的生意，匆匆赶回家里的书房，郑重其事地沐浴更衣、闭眼静坐，然后打开藏放纸轴的柜子，端详着那一支支粗细不一、悬挂在笔箱的毛笔；在挥毫之前的仪式繁复而费时，在我们孩子看来非常无聊，但那是父亲生活中唯一热情的源头。

他最爱的是隶书，这就苦了我们这几个"志工"孩子，很粗大的笔头要洗很久很久，墨要磨很久很久，因为隶书每个字都很大，要用掉很多的墨汁，往往使我不耐烦，而经常板着一张脸。

如今想来，我何其幸福，在这书法环境长大的我，闻着墨香长大的我，虽然父亲来不及教导我写书法就离开人世，但我从这些成长经验，才懂得这是最好的生活教养与训诲。

源于父亲热爱书法，我们家中不仅贴有门联，客厅墙壁有书画之挂轴，桌上更摆设有精致的花瓶、花盘等，这些据说是明清时代官窑出品的冰裂纹、青花瓷器，都是价值连城的宝物。有时候父亲兴致来了，会教我们辨识上面纹样、图绘、题诗、朱印等等。

还是孩童的我，根本不明白它们的趣味，要直到长大了，离家了，再回头追寻故乡的点滴时，才片片回忆聚临眼前。我依稀还记得父亲在厅里，独自挥毫、说唱、念诗的孤独身影，他看来相当的寂寞，因为家中似乎没有可与他共鸣的人，他是一个文人的老灵魂，却出生在商家，为了生意，要学得锱铢必较的功夫，那一定是他最大的致命伤吧。

父亲在壮年时，就郁郁寡欢，病疾而亡。他卧病时期无力再书写，只得默默展读着《七侠五义》这类演义小说，彼时，其实我已经长大，可以与他畅谈艺文盛事，分享他内心最爱的世界，但是，我却宁可浪迹异乡，不忍回家看见他落寞的神情，这些愧疚成了我一辈子的遗憾。

我曾经也备齐了笔墨、字帖，展开九宫格纸，郑重地落笔作起始。可是，没写几张就心虚了，就失去信心了，就把它们搁在一旁了。

好像这个写字工程，是我所承受不住的重，因为它太高深，不可亲近的严肃。拿起笔，对父亲的思念如潮水般淹没了我，不禁要联想起在办完父亲丧事之后，我们曾经生长的家，必须尽快收拾以便求售，当时，在书房所找出的一大堆字画卷轴，随着其他堆积的杂物，全部付之一炬。

父亲心中有如宝贝的瓷器古董与文房四宝，俱在他亡故后因为没有人传承而四散了，我在熊熊火光中、在商人交易的穿梭中，眼看着一个时代的结束。

这拂不去的影像，至今仍芒刺在背，始终让我非常疼痛、哀伤。退休之后，我远离都会，移居到靠河岸的乡下，紧邻的是沿着河岸两旁大片大片的旷野，它成了我生活中最精彩的空间，从居处高楼望去，只见静静的水波映着粼粼天光，这是一条"时间之带"，一只劲力十足的中锋，川流过悠悠之旷野，横扫世间的爱恨情愁，穿透了一切的功成名就，河水与旷野，以无限静谧与荒芜之姿，为我铺展一个情境，那就是我印象中白色宣纸与黑色笔墨的世界，是我成长吸纳养分的原乡。

　　我想给自己一个书写的理由吧，"初老"的我，并非有意选择要"繁华落尽"，只是刚好来到了旷野，来到了生命要转弯的时刻，来到了一种黑与白、有与无的单纯交界。那无远弗届、从五感直到心灵之美的悸动，启动我的记忆，我闻到墨香，听到毛笔在纸上的喧哗；这绵延的水墨浸润纸背的力道，竟在我心中写出了最亮的灿烂。

心岱

台湾作家。

失落的照片

童真 / 文

　　有一张照片，我仅见过它一次，后来却失落了。因此，它便脱离了成叠照片的行列，抗拒着岁月巨流的冲刷，顽强独立地凸显在我的心页上。

　　那是一帧我父亲年轻时的照片。古朴的黑白色，暗沉的色调，简明的构图，给人一种秋夜微寒的清新。推算一下，该是一九一二年拍摄的。照片中的布景，也是那一时期典型的格式：一只高脚茶几上摆一盆茂绿的万年青，挨着茶几的是一把四平八稳的太师椅，父亲就端坐在那里。父亲穿着长袍，戴着一顶瓜皮小帽，虽年轻，却严谨而清癯；虽双眼炯亮，却又略带忧悒；仿佛三十不到的他，已洞察人生的苍凉：在繁华背后，总潜躲着衰败。

　　就如照片所泄露的，父亲是个严肃寡笑的人。他是童家"大宅门"里的一个异数。童家不是官宦贵胄，只是商业世家。经商的必备条件是和气，所谓"和气生财"，显然，父亲不具备这个条件。我揣测着，在祖父的六个儿子中，父亲是最不适宜经商的一个。他终生唯一的爱好是书法。然而，父亲成长的岁月，正是祖父事业的巅峰期，擅于策划的祖父，在他三十几岁的壮年，不仅把上海的"童涵春堂"中药号经营得有声有色，而且在日进斗金的盛况下，又把事业的触须伸展到各行各业去，如钱庄、糖行、南货店、桐油店、五金店等，当自己逐渐老去时，又分派给儿子们掌管。少年父亲本来醉心于书法艺术，但他那个做书法家的梦，却跌碎在钱庄滴答作响的算盘声中。在梦与现实的纠缠斗争中，他分裂成两个不同的人——在职场上，他是精于盘算的宁波第一大"元春钱庄"的经理，在职场之外，他却是一个淡泊雅朴的书法爱好者。每次，他从宁波市回家来，简单的行囊里总只是一些令我们孩子们大失所望的字帖、拓片、毛笔、扇面、扇子骨等，一类既不能吃、也不能玩的物件，当他兴致勃勃地一件一件地从网篮里拿出来，放到八仙桌上时，我们便默默地走开了。他依然是高高兴兴的，面不改色。他对书法艺术的爱好，已在他内心汇聚成一股永不溃败的勇气，无视于旁人对他的冷漠，也就是基于那种宗教般狂热的信念，在家的时日中，他总是四处访友、探亲，自愿且免费地替他们书写匾额、碑文、对联、扇面、字帖等。当然，他最热切渴望的，是教导儿女们写字，期望他的一手好书法，能传给他的儿女们。我家书房里有一张大约二米长、一米三宽的特制的红木大书桌。他替人家写匾额或对联时，总嘱我替他磨墨，我家用的墨也是特别的，正面是"朱子家训"四个烫金大字，背后就是"家训"的金文。墨要握得正，不要磨着磨着就斜了，犹如毛笔要握得直，人要坐得正一样。父亲很注重这些细节，他不仅随时给孩子机会教育，他自己更是身体力行。我磨好墨汁，立在桌边，看他稳稳地站着，紧闭双唇，全神贯注地挥舞着他手中如椽之笔，对我来说，那时候，他看起来像个巨人。

但要我练字时，他又变成了慈父。他替我铺纸、磨墨、润笔……满脸堆笑，百般迁就，然而，一向乖巧，作为他最疼爱的小女儿的我，却在这件事上拂逆他的好意，我总是嘟着嘴，不情不愿地敷衍了事，从无体会我这样做是多么残酷地伤了他的心。

因此，父亲跟我，有时就这样不欢而散。但父亲的字却又到处跟着我，在我的家乡，我走着，走着，忽然就看到他的字就在我的前面。在桥墩上，在寺庙、祠堂的门楣上或者在学校大门旁的石柱上，我悚然一惊，仿佛父亲就在我的身边，指责我的倔强与叛逆，幸而其他时间，我们父女俩是相处得非常融乐的。每年，梅雨季过后，父亲回家来的第一件事，就是在内天井里架起一排条板，搬出成箱的字画，放在条板上阴凉透风。这时，我是他不可或缺的帮手。我拉着轴头，父亲慢慢地把画（字）幅舒展开来，一边细心地检查、察看、欣赏。看着看着，一抹稚真的笑容倏然跃上他瘦削苍老的脸，拭去了现实生活给绘上的憔悴，闪耀着青春的最后光泽，那时，偌大的内天井里，明净、澄澈，如一片无波的湖水，我们父女两个，隔着画（字）幅，面对面地站着，久久地浸淫在那份纯美的感觉中。

父亲的节俭在兄弟友辈中也是独一无二的。从我家客厅壁上悬挂的那幅中堂——朱伯庐先生治家格言——看来，他的勤朴也是从书法中修炼而来。童家这个"大宅门"在富裕了一个半世纪之后，儿孙们对先辈的创业维艰，早就丢在九霄云外，他们的生活已渐渐趋向挥霍与奢华，家中仆役如云，已是稀松平常的事，赌博与吸大烟，更是他们养尊处优生活中的最爱。我母亲体弱多病，一年中，躺在床上的时间跟起来走动的时间差不多。家里虽有仆役多人，但偌大屋子里，经常只听到轻悄悄的脚步声。在静寂筑成的围墙中，我自个儿折纸、玩布娃娃、编织、看童话、冥想，把每一个素淡的日子染成五彩，小小的心灵里自造了一个宫殿。

有一年，一个炎夏的下午，空气中弥漫着慵懒的气息，连女佣都憩息在通风的过道上打盹了。我看完了一本故事书，烦躁得静不下心来，忽然想去看看几天前才从上海回乡来歇夏的二伯母以及几个年龄比我小不了多少的孙儿们。这样想着，我就整整衣衫，穿越两个大天井，走到大宅子的另一侧去。推开雕花精制的木门，走在略嫌昏暗的走廊上，我就听见内屋笑声荡漾，牌声清脆。我急走几步，就来到以玻璃为屋顶的洁亮新颖的内天井里，只见那一字排开三张牌桌，两张围坐着大人，正在打牌，另一张矮了一截的，围坐着二伯的三个孙子。这时厨房里一大一小的两个厨师正在忙着，阵阵菜香飘送出来，饭厅横梁上煤气灯已高高悬起，准备在薄暮来到时，嗞嗞地喷洒出光瀑来。屋内欢乐洋溢，一派喜庆、节日的气氛。二伯那时正任童涵春堂经理，店务繁杂，应酬众多，留在上海，没空回乡。二伯母看到我来，示意女仆拿来糖果、糕点。于是女仆就领我到矮桌旁坐下，细声地说："小小姐，你也凑着玩一会牌吧，他们正三缺一！"

我忽感局促不安，腼腆地笑着："我……我不会……不会打牌！"

我的几个堂侄抢着说："小姑姑，我们教你，玩几次，你就会了。"

但我始终没有学会打牌。那天回家，我跟母亲提到这件事，一向温柔、慈爱、和蔼可亲的她，竟然声色俱厉地告诫我："小丫头，你听清楚了：你阿爸早就立下家规，我们这一房人，不准打牌，也不准抽（大）烟！"

我快快地走开了，心里不免嘀咕我父亲是个老古董。可是，就在那年冬天，远住天津的姨妈南下探亲，透露了一个震撼性的消息：二伯的老二，没日没夜地滥赌，不仅在上海欠下许多赌债，还在天津欠下一屁股债，随后又传来一个消息，二伯的老三染上了毒瘾！

在以后的一两年中，父亲坚守着兄弟如手足的深情，从未在别人面前提及二伯家的种种，但亲友间的窃窃私语是免不了的。我捡拾起那些碎片似的话语，串连成一个事实：二伯为了偿还子债，以童涵春堂的名义，向银行、钱庄、各大商行借下巨款，最后，他不得不把童涵春堂的大部分股权出售了。

一座华厦就在牌声与烟丝袅袅中倾圮了……

如今，隔着七十多年岁月的长河，我追忆往事，对父亲，我有霍然而惊的恍悟。我凝视远方，在漫天烟雾中，我看到一个穿着青色长袍的高瘦老人，用他智慧的手，牵领着妻儿走出这片废墟。他虽步履缓慢，却神色安详。他没有回首，因此也没有一声叹息。

童真

台湾作家。

最美的·最美的

张耀仁 / 文

毛咪死的那天，母亲打电话给我，听不出情感变化说：你回来看看吧。

回家之后，我看见毛咪熟睡似的蜷缩在纸箱底，神情一如往常：静谧、驯良，唯独毛絮蒙上一层毛玻璃似的暗影，怎么也难以想象它原本蓬松的样子。我轻轻抚摸着不再温暖的猫身，回想并不久前毛咪还是小猫的情景，久久无法移开视线。

原来这就是死亡啊。

原来死亡如斯消瘦。

我不愿相信，连带意识到，自从家里只剩下毛咪与母亲之后，这个家竟也变得如斯单薄。

母亲说，毛咪越老就越吃不动猫粮啰。

母亲说，所以就叫你回来看看啊。

母亲还说，毛咪是一只好猫。

　　我听得出来母亲语气中的责备，她是质问我：多久没回家了呢？说起来也是奇怪，明明住得这么近，比起从前在外地求学想家的情绪，此时此刻家反倒成了陌生地：时常惦记，也时常遗忘。一如消瘦的毛咪，消瘦的母亲，消瘦的不知从何靠近的我们的情感，就连那座再熟悉不过的中药柜也生出了一丝丝隔阂感——从前我和哥哥姐姐在那儿学着抓药：熟地补血滋阴，黄芪益气固表；这服养脾、那服去虚；泡僵蚕放在左下角、地龙干别忘了搁在最上柜……那时候，令人极度嫌恶的大约就是九制熟地吧，总搅得双手污黑，当然还有无从忘记的"清全蝎"，它们扰得冰箱始终充满了腥臭。

　　这样悬浮着苦涩、辛凉乃至凝重的古老气味，它们穿过甬道形成这个家的底蕴，每每在上学途中，迫使其他同学尖叫：好难闻喔，好像那个疯阿珠的味道——疯阿珠是我们那附近的一名拾荒老妇，据说早年丧夫，儿子长大结婚后去了美国，从此再也没有返回镇上。于是疯阿珠每日在车站苦苦守候，等着等着便忘了怎么回家：眼神飘飞、脚步浮颠，身上层层叠叠又是苦又是甜又是酸，怎么分也分不清的五味杂陈。

　　因而对于中药柜的芥蒂持续了好长一段时日，总要以芳香剂来遮掩那尾随不掉、阴影似的窒闷，直到大学联考前，父亲才在朋友的怂恿下结束中药生意，改卖有机食品。而今，暗淡下去的斑驳的中药柜，一拉开抽屉仍可以闻见醇厚的檀香，以及混杂了药的黑苦，它们唤起那些遥远的年岁，岁月是一名孩子，初始驮在背上甜蜜万分，渐渐却变得沉重，几乎要把人压垮的姿态。

母亲说，恁爸爸真久没转来啰。

母亲说，你有照三餐呷饭否？消散落肉不输猴瘦欤。

母亲还说，毛咪是一只好猫。

我不由想起毛咪第一天走进家里时，母亲惊讶的表情。那阵子，每日清晨父亲必收拾黏鼠板上的鼠尸——许是中药里的枸杞与红枣引来了这些不速之客吧——不少幼鼠为了脱逃，强力挣扎撕扯，以致骨肉离析，血红湿亮的肌理团团濡腻，怎么看都是一场残忍。为此，笃信佛教的母亲掉了好几次泪，每每在长明灯前念念有词：南无阿弥陀佛，南无阿弥陀佛，好好去出世。

然后，毛咪就这么出现了。原以为是流浪猫，居然待下来不走了，端坐如钟，如一只安安静静的家猫。也就是从那天起，鼠迹逸散，黏鼠板再也派不上用场，母亲再也无须诵念心经与大悲咒。更叫人奇异的是，从未因此撞见鼠尸踪影，只听见毛咪喵呜喵呜磨蹭药柜，偶尔发出欢快的喉音，仿佛宣告它的胜利。因而母亲和父亲揣度着，许是冥冥之中，案头供奉的药师佛恩准了这一缘分吧，否则母亲压抑的哭泣怎会引来毛咪呢？

毛咪一待十余年，十余年里我从小学走到大学，哥哥与姐姐也分别踏上了他们的旅程。其间，中药店换了招牌，镇上的莲花池转型为观光景点，圆环唯一的那座戏院也早就风流云散了，一切的一切仿若当年军民同乐的露天电影：光度突然大亮的时刻，一回头才发觉偌大的广场上只剩下自己，深远的夜空底高挂着小镇特有的繁星点点——

那样既孤独又充满的夏夜晚风。

唯独毛咪还是原来的毛咪：安静，灵犀，敏捷，身上的三色毛絮尽管日益稀疏，依旧是黑棕黄——也就是母猫的表征。书上这么写着：三色猫多为米克斯猫（Mix），易孕——然而无论雌或雄、三色或纯色，往往端详那冰绿之眼，总会目睹自己倒映于瞳仁里扩大的脸，总以为将预知一些什么。然而毛咪弓起背脊打个呵欠，颇不以为然地喵叫一声，一跃而下，跑了，想必极其厌烦人们老是好奇于"未来"而不肯罢休吧？

未来的家变成了现在的模样：父亲去了大陆经商，好久以来只打过几通电话回家，或者一味要求汇款，偶尔返家倒头便睡，只听见母亲来电诉苦：两个人又吵架了，又不说话了——不说话的母亲鬓发生出了霜白，每隔几个月要以染剂唤回青春，原以为这辈子不可能会老，未料一弹指竟也到了力不从心的年纪，每每傍晚与毛咪有一搭没一搭望着渐渐落下去的老街夕照，渐渐黑下去的屋的每一角落。

而姐姐，姐姐不再是我所理解的那个人：自从大一深夜在台北街头游荡被接回家里后，她再也不是我认知中那个开朗灿烂的姐姐了。除了个性阴郁，动不动质疑：是不是有人陷害她？是不是家里哪个人偷了她什么？越来越胖的结果，使得她像块阴暗的石头，终日对着毛咪说话。好几次，我甚至记不起姐姐原来的模样，不由怀疑起，眼前这个人会不会其实才是姐姐真正的面貌呢？

至于哥哥，从小最叛逆的那一个，明明规定十点门禁，偏偏要拖至十点十分返家，纯粹为了获取那十分钟的快感，惹得父亲青筋暴跳。后来，大学没念完就服兵役去了，退伍后在台北一家传播公司担任专业摄影，一拍十余年，而今三十岁的哥哥累积了那么多人像照片，却从未为我们拍一张全家福——认真想想，他有多久没回家了呢？他怎么能够和父亲这么相像：逃避，没责任感，而那不正是他年轻时亟欲逃开的对象吗？

穿过老街，亮晃晃的日照之下，街景似乎有了不一样的风采，但究竟哪里不一样了呢？我很想问问母亲，这些年来镇上改变了什么？母亲多皱的掌纹像毛咪粗糙的毛絮，从前我和她在家门口看着日头一寸一寸低下去，一心向往在那以外的世界，直到漂流台北多年之后，这才发觉所谓的"故乡"正是内心永远的悬念——尽管它已变得又熟悉又陌生。

尽管，毛咪已经不在了。

母亲说，毛咪是一只好猫。

母亲说，我第一个通知你。

母亲还说，你们都不回来看看啊。

我握着母亲的手，不知该如何回应她。一如今年除夕吃完团圆饭后，因为家里没有多余的房间——房间早就被拿去当作储藏室了，它们被杂物一天一天填满，一天一天习惯我的缺席、哥哥的缺席——我躺在客厅的沙发里，怎么也难以入眠。夜半时分，路灯映照出公妈桌上杂乱的摆设：两盏长明灯依旧，神佛也依旧，但我知道，母亲已经许久不在那里诵经了。

母亲成为沉默之岛。

母亲越来越消瘦。

母亲也越来越封闭。

此时此刻，我嗅闻着熟悉的中药味，嗅闻着毛咪冰冷的气味，以及屋里飘浮的薄荷味，我突然意识到，这些年来，母亲过着什么样的生活呢？是否她也学会了只对毛咪说话？说起来，其实我有多么不熟悉这个家呢。家变成了身外事，而我怔怔望着它，无从记起那些明亮的圆润的容颜，它们皆像隔着迢远的无从对焦的模糊镜头，有朝一日，终将轰然一声消失得无影无踪……

此时此刻，毛咪似乎又缩得更小更小了。更瘦更小的毛咪不会再醒来了。此后，家里还需要用上黏鼠板吗？还会有另外一只毛咪前来磨蹭母亲吗？我想起在我经常缺席的那些日子里，毛咪也许正扮演着抚慰母亲的角色吧。也许有这样的时刻：母亲与毛咪坐在屋里静静望向屋外，静静等待日常的日常，静静期望姐姐会好起来，我和哥哥经常回家，以及父亲一声温暖的问候。

　　这么一想，我忍不住又摸了摸毛咪消瘦的身体，轻轻地，轻轻地对它说：毛咪，你真的是一只好猫。

　　你真的是——

张耀仁

台湾作家。

生活里看见的

袁琼琼 / 文

1 刺青

跟朋友喝咖啡聊天。她刚与某个女演员见过面，说到这女孩的刺青。形容给我听，怎么整条右手臂刺着一株藤蔓，蔓须曲折缠绕，最长的一根须蔓，一直蜿蜒到手背，仿佛血管静脉着了色伏贴在手背的皮肤上。

朋友形容得很美，我从她的言语衍生我的想象，而不知道为什么想象到的是藤蔓的凋萎。现在，年轻的丰实饱满的手臂上刺上的刺青，等到二三十年后，或许皮肤变得松弛干燥，那蔓延的藤蔓，依旧停留在皮肤上，停留在或许骨节增大的，不那么平整华美的手背上，不知道会是如何的景象。

这大概就是我喜欢刺青的原因，觉得那是活的东西，会跟随自己变化、生长和凋萎。好像附着于身体上的宠物，并不是全无意志的。

给自己附加这样一个标志，或说附加这样一个伴侣，它永远在对你说话。虽然有过刺青经验的人都说是痛不欲生，但是我还真的想去弄一个刺青，或许在手上、肩上，一个自己可以看见的地方，一个符号。用它标示我不想说明的心情。

2 蝴蝶

早上去买早餐，看到一只蝴蝶。

好漂亮的蝴蝶，黑底蓝翅，翅膀边缘一圈亮黄色和浅绿的边。

这只蝴蝶就在早餐店门口的地面上飞着，找地方停留。

地面上是灰白色水泥地，有积水，早餐的豆浆渣，免洗筷塑料包装，一些碎饭粒，萝卜干和芝麻渣。

蝴蝶在地面上飞着，在污水里点了一下，离开，在饭粒旁点了一下，离开，在干白的水泥地上点了一下，离开。

她就是没法突出这个范围，她就只是在这一块脏污的、可憎的地面上，低飞，寻找落脚处，或者，寻找可以逃逸之地。

逃不出去。

早餐店门口不过三米见方大小，对蝴蝶来说，或许是无涯无尽头之所在吧。

那小小的蝴蝶，带着她全部的美丽，逃不出去，就在这脏污之地。她鼓着蝶翼，那彩色缤纷，在灰白水泥地上漂亮得几乎刺眼的身躯，在仓皇地飞扑，停留，又离去。

想起王菲的歌："蝴蝶飞不过沧海，没有谁忍心责怪。"

不会责怪，不是因为她美，是因为她脆弱。

置身之处如果不是花园，她无法飞越汪洋，便成为注定的悲剧。

我想她会被车子压死吧。因为早餐店前就是车道。

就这样。也许美丽不为人知。但丑恶也不为人知。

3 桔梗

不大有人送花给我。我是说亲密意义的花。出去演讲或怎样，有人献花那是另外的事。不过我偶尔喜欢买花给自己。最常买的便是桔梗。

桔梗是奇妙的花。以前不知道它长什么样子，每次看到花名，总觉得什么给卡住，似乎是巨大的悲哀，或巨大的美，碰触到时便给卡住，给许多的无法言述的情感卡住。

但是后来看到了花了。在市场，插在塑料水桶里，长长的一大把，紫色的粉红的和绿色的。似乎全无性格，依着赖着，彼此靠在一块。

我最偏爱的色调就是紫和绿，因此只要看到桔梗，就完全被制约似的马上掏钱。我觉得桔梗百看不厌，它是长枝条，买一大把回来，往花器里一放，就自然会有倾斜旖旎之姿。

桔梗不能杂，一定要是单色，绿的就全绿，紫的就全紫。我会买两种颜色，分开来插。

一把桔梗里，可以同时看到花的幼年、青少年、青年、中年和老年。

花朵先是细瘦含苞，之后缓慢地展开，慢慢地向四面伸展，但也不到挥洒的地步，就开到全放，花瓣也只是各安其位，一片连一片，贴在一块。不像有些花朵，玫瑰或者牡丹，有一种恣意放肆，决心要开到整朵花碎裂，片片向四面掉落。

桔梗枯萎的时候，也只是缩起来，软软的，自敛的，把自己包住，花瓣蜷在一块，缩着。是很优雅的死法，温静自守。

身为桔梗，我相信它是选择了要这样不喧嚣，不哼不响的人生的。

4　忽然

年轻的时候，有个大我二十岁的女朋友告诉我："人不是渐渐老的。"

她没生过孩子，直到三十多岁都还维持着少女的身材，皮肤光洁，发丝乌亮。时常被误认为大学生。有一天早上起来，忽然就发现自己老了。

以前听她这样说，觉得是无稽之谈。现在发现：是真的。

有一天早上起来，忽然就看不见了，眼前的东西模糊，报纸上的字像小蚂蚁般跑来跑去。

刹那间，我有了老花眼。

忽然就头发白了。

忽然就皱纹满面。

忽然腰间就多出一圈肥肉。

忽然所有的水分都堆积在脸上。

忽然就有了双下巴。

不骗人，真的就是这样。

这让我觉得很像电脑跑程式，人体里的那个机制是定在某一点上的，当程式跑到那个点上的时候，也许体内会有"咔嗒"的一声，机制便开始启动。

于是就头发白了。

于是就皱纹满面。

于是就腰间多出一圈肥肉。

于是就所有的水分都堆积在脸上。

于是就有了双下巴。有了老花眼。

形容人有赤子之心，英文里有一句话是："他里面有个孩子。"我倒觉得每个孩子里面都有个老人，随着时光过去，就像发芽一样的长出来。

等"老人"完全长出来之后，我们便忽然过完了一生。

袁琼琼

台湾女作家，以散文和小说知名。曾多次获联合报小说奖、散文奖及时报文学奖等。著有《春水船》《自己的天空》《随意》等。

探索自我，
是一生都要做的功课 2
第二章

在这个世界上，每个人都曾遭遇孤单困境，
经历迷茫与不知所措。但是不要紧，只要我
们不停地尝试自我更新、自我成长，那么，
在黑暗隧道的另一头，一定会有属于你的一
盏灯。
• • •

一日神

隐地 / 文

一日喜，一日怒……一日甜，一日苦……创造神、破坏神、保护神……人，谁能摆脱这些神？它们在天地之间形成一面天罗地网。

看起来是三分天下，世界之大，岂止此三神？三神各有兵马，这些兵马其实就是大大小小的宇宙诸神，它们掌控着万物的命运，人想创造自己的生命，走出一条康庄大道，诸神听了，只在我们背后偷偷窃笑。

话说有一个最不为人注意的一日之神，它在一年365天之中，只和我们相处一日，就离我们而去，所以，从来也不为我们发现，因而轻忽了它的存在。

一日神身轻如燕，它天明来，夜半去，悄悄相处一日，就和我们说拜拜，何日再相逢，它不知道，每一个我们，谁也不知道。

不知道它在哪里，但知道它在，也知道它已经走了。

一日神和一日神何时交换卫兵？我们完全无法察觉，只是一日之隔，喜讯已成噩耗，为何相差天地之远？

昨日明明好好的一个人，怎么只是睡了一觉，清晨醒来，世界仿佛全变了样。

不对，就是不对，一大清早照镜子，出现一个看了好让人讨厌的糟老头，昨天还老得蛮帅气的，怎么一下子就丑了？此刻瞧着，就是不舒服。他拿起梳子梳啊梳的，怎么梳也梳不服帖，头发就是不听话，更寻不到一丝光泽，继续梳，仍然梳不出一个样子来，有的，只是溢满脑际的懊恼。

俱往矣，生命就这么萎缩了吗？六十年，整整一甲子，应当是无限长的生命，看来好日子都过去了，春花、秋月，全成了过去式，而夏日的灿烂，怎么我从未感受过，却已经成了杳不可及的梦？

他战战兢兢地度着他的一日。一日之计在于晨，他最担心一早起来噩兆临头，果然，整日的不顺心，从自己的头发引起。快乐总是如白驹过隙，而郁闷却经常如漫漫长夜无边无际，啃蚀得他连胃都翻腾着痛，一旦胃不适，食欲全无，一天也就自然报销了。

噢，今天的一日神，看来并非是凶戾的煞星，一定是一位恹恹之神，把我弄得一天都无精打采。赶快用柔和之心来挡它，千万不要和它发生摩擦，讲理要和讲理的人讲，神鬼更如此，一旦来了不讲理的神，你就快闪，闪过这一天，天下太平，闪不过，会死人的，人死了，你就和鬼一样，也成了鬼。

"我就是闪躲不过嘛！"所以啰，这世上早已鬼多于人。你就得更加小心地过日子，幸好保护神永在，一日煞星也只能纠缠你一天，明天会有一个吉祥的微笑之神向你迎面走来。

人间多么好，只要黑夜之后的黎明你醒得过来，树在、花在，云飘在蓝蓝的天空，一轮旭日正冉冉上升。这人世间多美好，鸟正为你歌唱之际，你还可以为自己煮杯咖啡，巴赫的无伴奏大提琴乐声更让他感觉幸福已团团围成一个圆圈，在荡漾开来……

二十岁的时候，他像一架上升的飞机，世界在他面前都是会飞的、上扬的，连他小小的阳具，也都经常往上抬着头；四十岁的时候，他读《如何在四十岁前成功》，书上竟然这样写着："四十岁不健康，健康不起来；四十岁不成功，成功不起来；四十岁没有钱，有钱不起来……"到了六十岁，原先无神论的他，变成一个多神论者，且处处感觉与神同在。甚至，他认为，每一日，都有一个"一日神"陪伴着……创造神创造了他，人人都该感谢自己的创造神。我的创造神是谁？有一天，突然他这么问自己，他要用温柔的感恩之眼，向他的神膜拜。"你不用向我膜拜，重要的是，请不要激怒你的'破坏神'就好了！"一种遥远的声音仿佛来自天际，他看不到"保护神"的脸，却清楚听到一种来自它的关怀声音，原来"创造神"创造了他，最怕自己的作品不能长长久久地存活于世。"破坏神"无所不在，但只要不去惹它，破坏神有它自己忙不完的工作，"保护神"微笑着说，"你不惹是生非，我的日子也可过得轻松自在。"

自从感悟到有诸神存在，如今他凡事小心翼翼，可"一日神"中捣蛋鬼特多，常来寻他开心，让他经常有虚幻之感。

他有两串钥匙，一串用来开办公室的各种门锁，一串用来开家里的门锁，除了钥匙，还有眼镜和钱包，也是他经常在寻找的，爱捉弄他的"一日神"，经常喜欢和他玩捉迷藏，总以他身边的这几样东西逗着他玩——静物是没有脚的，却怎么老是跑来跑去，"明明记得放在桌上"，桌上就是寻不到他要找的。"一日神啊一日神，我是有些年纪了，开始记不住这样那样东西放在确切的位置，请不要整天和我过不去，一定是你偷偷移动，让我总是不停地寻找。"

有一天社区开住户大会，三十二户人家互相怪来怪去，彼此说话都毫不客气，左邻右舍都有院子，院子里家家都种着花树，树长高了，难免枝叶会伸展到隔壁人家，于是起了纠纷，根据一种说法，你的树枝进到我家院子，我就有权把它剪除，结果是你剪我家的树，我当然同样可剪从你家延伸过来的树枝，如此剪来剪去，邻居自然成了冤家。

这是什么神嘛！让邻居和邻居都不得安宁，如果是"一日神"还好，面红耳赤吵一架，第二日彼此若肯反省，双方说声对不起，一笑泯恩仇。可惜这不是"一日神"能解决的，"一日神"之上还有一位"月神"，"月神"的上司是"年神"，啊，有人为了一棵树，变成一辈子的世仇，"年神"也不得不退在一旁，只好让"破坏神"亲自出征，从此隔邻两家成了世仇，吵到后来，刀啊枪啊全部出笼，结果出了人命，好好的人不做，全去做了鬼！

"我不惹'破坏神'，让我心平气和地过日子！"他在心底祈求"一日神"。是的，就算只有一天，也是好的，有了一日的平平顺顺，明天就算有煞星登门，我也会低头忍着，吃苦、受气，本来都是人生免不了的命运啊！

"真的吗？"躲在门角的"气神"显然不信，它是一个让人从早气到晚的神。只要它和你缠上，包你气鼓鼓地板着一张脸，也说不出什么原因，全身上下就是有气，不想还好，越想越气。好像全世界的人都欠着自己什么，想起往事，更是件件让人生气。气自己那么容易生气，为何别人的脸上能经常挂着笑容，可我就做不到，晚上睡在床上翻过来转过去就是睡不着，当然也为睡不着生气，彻夜翻腾到天明。容易生气的人，还在为一整天气鼓鼓的自己生着气。

明日复明日，明日何其多。"一日神"啊！今天我的气生得够多了，我不喜欢生气的自己，明天给我一个心平气和的日子，至于明日的明日的明日，"一日神"，我是子民，在天地间，我已看尽人生百态，尝尽人生酸甜苦辣滋味，在我离开人世之前，请让我心平气和地过一些平常日子，请不要再以惊涛骇浪考验我，"一日神"，我只求能平凡地呼吸于凡人之间。

喜怒哀乐伤身，我只要平心静气过日子，"一日神"，请多派些老派且温和之神保护我，那些古灵精怪、顽皮透顶的"一日神"，让它们和青少年去周游，少年人精力旺盛，也喜欢刺激，就让他们一块去搅和吧！

隐地

作家、评论家，曾任《青溪杂志》和《新文艺月刊》主编。
著有《快乐的读书人》《幻想的男子》等。

这些困境，存在着

颜艾琳 / 文

无人之境

那里什么都还存在着，只是你看见的意义，一切都不同了。

时钟照常通过你分分秒秒的心，这一刻，你哀伤，下一刻，你仍旧哀伤，一小时之后，你不得不带着停不了的哀伤出走。你刚修好的手表，跟你这哀伤的人在一起，到了一处无人愿意停留的地方。你远远看着自己出发的房子的方向，在一大片新高起的大楼群，被隐没，消失不见，你多么希望人跟房子一样，能拐个弯，离得够远，就不见。

你知道，人，就是你自己。你能带着自己离开房子，却无法离开自己。晚霞的美丽也让你感到无比凄凉，你的存在，让这一切都蕴含哀伤的情境了。这只是你的无人之境。

冷酷之境

别人什么都不知道，只有你知道，你已经不同了。

你不再慈善了，若有适当的时机，你可能会对无辜的人痛下毒手，让别人感受到前所未有的痛苦。因为你痛过，那深刻入到心的最里头，让你无声尖叫，让你痛到丧失慈悲与怜悯情感，你想让这感受分出去、分出去，暴风圈不要只在你体内席卷那些平安无事的生活，刮走你原本静淑沉默的姿态。现在你只剩愤怒跟绝望，反正已经一无所有，你化身为复仇的修罗。

所以在梦里、在潜意识里，一列危险的云霄飞车启程了。你冷酷地坐在第一个位置上，你跟他的亲人欢笑地一一坐进来，等他们坐定，你开始驾驶这长长的列车，往那不知底线的深渊，快速坠下。当他们恐惧的尖喊声掩盖你冷漠的狞笑，你知道，你已变得残忍。

遁逃之境

你开始遁逃。每一个梦都隐喻你的转变。生活是假面，梦更真实贴近你的内在。你长年逃到梦境，让不存在的人追求你，与你共同生活。而欢笑是假的，泪却是眼眶中的热雨，一再将你浇醒。

你的故事从来不是王子与公主的邂逅，你只是从父母的婚姻战场败退下来的一名伤兵，节制地控制自己的情绪，隐藏过去，找着一个让你安全疗伤的肩膀。一个老实的人，是你的遁逃首站。因为，你不想活在梦里了。

但老实可靠都是你自己想象的，最后，你仍是回到梦境里，那个永远在二十岁时得面对父亲多次出轨的少女。梦境再次将你攫获，你阖眼，这次能逃到哪里？眼泪先从你的眼中逃了出来……

滞留之境

那个岛上，同时存在着旭日将起的光明，和永不落下的夕阳。就在岛的东西两侧。未升起的朝阳，隐藏在云霭中的落日。所以这岛根本是没有太阳的，光线是这种淡灰掺着橘黄色的亮度，一切可以看清却又充满神秘的氛围。

这小岛是大自然的奇迹之地，让来者可以同时拥有两种浪漫，也以为自己可以永远活在当下，永远卡在一个时间点，出不去、也老不下去。这里有辛勤的农妇教人如何耕种，世上罕见的鸟禽就在身边活动，竹林与小屋的风水一如国画般结构空灵而稳定，空气也清甜如水酒，我跟他竟来到这里生活。恍如梦境（你是在梦中没错，你再次遁逃，你好不容易做了美梦）。

一只黑嘴端凤头燕鸥出现在菜圃里，它不知为何蹲在小黄瓜旁边，还有一朵黄艳艳的黄瓜花正绽放着……我呼喊儿子来看这奇景，此时，幸福仿佛真实地存在于这一刻，我，却醒来了。原来美梦难久留，没人可以东边看日出、西边赏日落。当下醒来是现实。

大难之境

大雨降下，等雨停之时，世界陆地只剩三分之一。

我死了，才得以飞翔各处，到处见证苦难。

某处被牧草跟稻草泛淹成一片浮着的软地，一匹有着斑点的小马，正奋力地游泳，支持自己抬头往上呼吸，它已经不知浮泳多久了，恐怕会因力竭而溺死……那些枯槁的草因浸水而发胀，好像无数地狱恶鬼伸出细长手臂，拉着斑点小马要往下沉。死期不远了，小马。

一个较高处，男人以手托着自己的两三岁幼儿，置于围篱树丛中，双双暂时卡住上半身，下半身浸水。这父亲脸上无限慈爱，逗弄婴孩笑着。这一刻两人忘了危险，神情一如平常嬉笑，但男人知道，死期不远了。我知道他心里这么想。

我是鬼。我找不到我的亲人，只是孤孤单单地飘荡，俯瞰这些就快灭顶的生命。鬼的眼泪很冷漠，很难流下来；等意识到泪水溢出脸颊时，泪水已变成冰滴。我以手接下泪珠，将它吞入，我才感觉空空的内在，有了一丝人的温度。我想到"大难来临分飞燕"，我跟他，连做鬼都做不到一块，于是飞得愈来愈高，看着这受苦的地球，我转身面向宇宙，对着无穷的寂静黑暗而去……

虚空之境

挖土机为什么挖着？它，掘出什么？

是我们的时间。

正被虚无地挖出，丢弃于无人可知的地方。

死亡之境

旁边一辆货车载满兽骨，因红灯而暂停在我搭坐的巴士旁边。巨大的头颅骨，堆满一桶一桶，大约是牛羊猪的。

死亡后的动物，失去了愚蠢和丑陋的外表，反而以一种接近单纯的内在，与我沉默地对视。

秽之境

在医院的急诊室里，找厕所。地板上有着一点一点，鲜红的血。几步之外的大型垃圾桶里，堆着不知是谁或多少人的拭血布条，叫人触目惊心。

在夜里，总有人受伤、生病，仿佛夜不断地伤害着自身的宁静。

颜艾琳

台湾诗人，曾获出版优秀青年奖等，与北岛 2015 年获颁"第一朗读者"成就奖跟最佳诗人奖。著有《骨皮肉》《黑暗温泉》《微美》等。

孩子

杨明 / 文

年逾四十，没有儿女，在别人眼里看来可能有些缺憾，偶尔会有朋友问我，没有生小孩，你不觉得遗憾吗？我总是回答，现在不遗憾，以后就不知道了。毕竟中年无法预知老年的心境，但是我现在不觉得自己生活里少了什么，却也是实话。

有一回，应邀参加一个谈话性节目的录影，结束后和一起出席的另外两位来宾同车离开电视台，由于同在文艺圈，我们三人虽不算熟稔，却是彼此认识的，车上，那位比我年长的女性作家，开始劝我快快生个小孩，她说了一句我常常听到有人引述的话："一个没生过孩子的女人，不能算是完整的女人。"这句话似乎惹恼了同行的男作家，他回嘴："你生过孩子，你只能做一个完整的'女人'；她虽然没生过孩子，却可以做一个完整的'人'。"两人唇枪舌剑，有来有往，比刚才录影时精彩多了，我噤若寒蝉，不想搅进这因我而起的战局，心里慨叹，节目制作单位显然选错了话题。

已婚，却没有孩子，在我们的社会里有如异类。三十岁时，身边的亲朋好友纷纷催促快生，几年没有动静，众亲友于是开始献出秘方，提供医生名单，年近四十，终于安静了，大家为我遗憾，在心里，嘴上不好再提，大概怕伤害我，在他们的观念里，一个没有生养的女人，是悲哀而值得同情吧！也许有些人还会默默猜测，造成不孕的究竟是我，还是我的丈夫。

不管怎样，至少过了四十以后，没人再催我生育了，大多数人改口说，其实不生孩子也好，负担轻多了，现在教育一团乱，孩子难教得很。

结婚十几年，我们没有孩子，丈夫和我都认为所有生命都是上天赋予的，如果老天要给我们一个孩子，就会给，我们不会因为没有而选择人工受孕，那有违自然，当然这只是我们个人的看法。

没想到，台湾走向少子化，原本的缺憾，现在看在旁人眼里成了一项罪状，朋友因为学校减班，更难找到教职而责备我没尽到应尽的责任，为了鼓励生育，政府于是提出多项优惠，但是这与节能减碳的主张似乎有些抵触，人类就是造成地球负担的主要原因啊，虽然少子化会使得台湾人口老龄化的问题日益严重，但是，这是一个过渡期，迈过这三十年，人口压力减轻了，污染问题应该也可改善吧，更何况目前许多银发族六十五岁仍有足够的能力工作，而上班族却常常不到五十岁就被迫提前退休，刚毕业的年轻人也常常遭遇找不到工作的窘境，这些情况和少子化一样让人忧心，而且更觉凄凉呢。

随着年龄的递增，人生的缺憾也好，没尽到责任的罪过也罢，眼看着不管我怎么想，老天安排的自然规律已逐渐将我排除在生儿育女的范围外了，渐渐地没人再和我提起关于孩子的话题，偶尔在路上遇到推销儿童读物的销售员，问我家里有没有小孩时，我轻轻地摇摇头，我也可以自以为是地推估销售员也许以为我的孩子已经上中学了。偏偏就在此时，相识二十年与我同龄的吴淡如怀孕了，而且一怀就是双胞胎，看到这则报道时，正和丈夫在麦当劳吃早餐，他在报架上看到新闻标题，念给我听，我回答媒体又在写八卦，随即拿了报纸看，没想到竟然是真的。吴淡如说，她想了想，许多事她都做过了，但就是没做过妈妈，一向勇于尝试的她这一回决定生孩子，承担这一项虽然大多数女人都做过，但其实充满挑战的任务，以高于林青霞的生产年龄孕育一对牛宝宝，孩子应该是巨蟹座吧！我着实吓了一跳，原本已经销声匿迹的话题重新在我身边被提起，朋友打电话来说，吴淡如也决定当妈妈了，你赶快加油吧。

这世上有许多事，不需要因为别人做自己就跟着做，生孩子应该是其中一项吧！就像吴淡如说的，许多事她都做过了，而我，许多她做过的事我都没做过，好比有一回她推荐我学潜水，我兴趣寥寥裹足不前，她热心地说，潜水真的很好，在海里你心里只剩下呼气吸气，什么都不用想。这和其他喜欢潜水的人描述精彩的海底世界是截然不同的观点，在运动娱乐之外，更添了心灵修为的层面，她一向有着和别人不一样的思考方式。

　　曾经看过一部译为《灵异拼图》的电影，影片中的女主角明明记得自己有一个儿子，却被认为是她的幻想，就连她的丈夫也完全不记得他们曾经有一个儿子，后来死于空难。女主角坚信自己的记忆，她找到和自己有同样遭遇的一位父亲，努力唤起了他的记忆，让他想起自己原有一个小女儿……原来这是一桩庞大的阴谋，起于一项实验，实验者企图发掘所谓"母子连心"究竟会产生多大的能量，在这项实验中，当局改变了被挑选的父母的记忆，偏偏女主角不肯放手，她没有忘记自己有一个儿子，电影中导演多次使用俯视的镜头，在逐渐拉远的镜头里，观众感受到地上行走的人们其实都被不明的力量所掌控。

杨明

台湾作家，东海大学中文系毕业。杨明的创作在台湾一直深受好评，频频获奖。著有《她的寂寞她知道》《学会放心和放手》《抓住爱情的滋味》等。

迷途的鸽子

郑丽卿／文

　　台风来临之前，天气总是特别热，热到鸟都飞不起来的燠热。黄昏时候，天空一片烧红。雄哥站在屋顶上挥着旗子，召唤他的鸽子回笼。天色一层一层暗下来，雄哥身影贴在彤霞的天空里，像个单薄的剪纸人形，歪歪扭扭的快要被风吹走似的。

　　台风过后总是要停电数日，这样的夜晚出奇地凉爽，远处有人以录音机放送电视连续剧《梨花泪》的主题曲，那歌声在黑暗中听来特别凄迷，于嘤嘤悲伤的音质恍惚中让人想象起爱情中的微微心痛。我和雄哥骑着脚踏车在全然黑暗的村子里绕着。因为暗，我们骑得很慢，几次都在仅仅几步的距离才惊险闪避路人，村庄小路因停电而拥挤了起来，潜伏着一股庙会前熟悉的骚动。借着星光，我们沿着堤防骑车，堤防那一边是隘泰溪汹涌的水流声，大水从大武山那头滚滚奔来，又从这里轰隆隆要奔往前去，黑暗中的水声响得要把人卷进去似的，连青蛙都不敢出声蝈叫了，我与雄哥互望一眼，确定了彼此的惊骇，掉头往村里走。

父老们聚在门口整夜谈农地上的损失，谈论着大片香蕉园只剩下像穿着褴褛衣裤残兵的香蕉株，短期作物的叶菜早已开始腐烂，个个焦虑烦恼得不知如何是好。在一旁听着，我开始感受到生活些微的压力与惊悸，台风之后农村里总是充满叹息声与无力感。父老们商议着下一季的农作，未能参与其中的雄哥竟敢于抵抗别人的鄙薄，尽管四周斜睨的眼光和阳光一样刺辣，偏见和石头一样坚硬，他仍然蓄养着鸽子。不管阿姑怎么骂怎么念，也无法稍减雄哥对鸽子的热爱。每天夜里偷偷去听人家说"鸽经"，直到深夜才像只猫蹑着脚摸黑回家。

说起养赛鸽啊，那不大不小也是一门学问，要学要问的事情可真不少，但是学校里没有教。譬如怎么选择种鸽、如何训练鸽子飞行以及怎样辨识鸽子的优劣什么的。雄哥长年去听来的学问，有时候对我们谈起来，他才像从大人的咒骂中活过来似的，比较愿意多说一些话，跟我们讲话也不会那么不耐烦。有一回，他说起一只斗鸡眼的鸽子，连要啄玉米都看不准啄不到，他便学那鸽子啄食的蠢样惹得我们一群人笑得抱着肚子在地上打滚。忽然间，雄哥停下动作，大家抬头一看，全员一骨碌通通爬起来，低着头排排站好。原来姑丈就在不远处，怒睁双眼，对着雄哥恶狠狠骂道："养粉鸟，一世人拢碟啦！"比骂那慢吞吞的水牛还咬牙切齿。但是雄哥像在准备高中联考一样用功，每天夜里还是出去找人研究讨论饲养鸽子的种种。

一日清晨，我随雄哥爬上屋顶，鸽子低低沉沉"咕——咕"叫着，像婴孩刚睡醒时的呼唤，雄哥叽叽咕咕不知跟鸽子说了些什么，才将它们放出笼子去飞行。我们坐在屋顶上看鸽子在透着霞光的半空中盘桓，清凉的空气中，鸽子扑翅的声音都听得清清楚楚。鸽子一圈又一圈以勇敢的姿态飞着，天色也一寸一寸亮了，太阳缓缓从大武山的后方升上来。

鸽子在空中飞行几圈之后，雄哥吹着哨子呼唤它们回笼，然后喂食。这时我们脚下的农村，鸡飞了狗也跳了。眼下的屋瓦，一行一行整整齐齐排列如田畦。不用上学的时候，我们常常得到田里去帮忙摘豆子，采收菜蔬、拔草。众人在一行一行的菜豆棚架搜寻成熟的豆荚，那是非常单调的工作。仿佛你的眼睛生来只为寻找成熟的豆子，双手只为了把菜豆摘下来。又比如除草，人蹲在田垄间，把杂草一株一株拔掉，才能一步一步往前挪移，太阳把背部晒得像贴在热锅上煎一样，说有多无趣就有多无趣，说有多辛苦就有多辛苦。雄哥不耐烦农事，于是往往趁大人转身去忙别的事情时，就模仿电影上卓别林在工厂中拧螺丝的滑稽动作，引逗大家开心。但是在被劳动磨得忘掉了娱乐的大人眼中，雄哥所做的一切只说明了一件事：这个团仔无路用，不成材。

农人做的是双手插泥背朝天的稿头，而养赛鸽却是浮飞在半空中无可捉摸的赌博游戏，对农人而言那是奢侈浪费不务正业了然败家，是注定要受众人唾骂的行径。于是雄哥比别人不快乐些，头也低了一些。黄昏时他站在屋顶高处，挥动着红色布条指引鸽群，他那不被接受、理解的单薄身影，仿如荒野中一匹孤单的狼。红色的旗帜在召唤什么而挥动着，他的愿望或许就系在翱翔于天空的鸽子脚环上，把他的心思带到别的地方去了。

不管如何，雄哥的鸽子还是给我们带来一些乐趣。像我这样没有方向感经常迷路的人，实在好奇把鸽子放出去飞，它们怎么认得路回来呢？在鸽子脑袋里到底有什么机关让它们找到回家的路径？据雄哥听来的说法：鸽子身上有雷达可以侦测方位，也有人说鸽子靠太阳辨别方位，或者说鸽子能够感应地心磁场。看他说得心虚的样子，任谁用头皮想也知道，没有人确切知道鸽子是怎么办到的，总之鸽子也有鸽子的哲学吧。我看着鸽子思考这个问题，羽毛闪着粉红光泽的鸽子啄一口玉米，歪头转动玻璃珠似的眼睛看看我，左右摇晃几下脑袋，脚步踏了几踏，一点也不在乎地继续啄食。

那时候我们喜欢唱一首西洋民谣《白鸽寄情》，雄哥弹吉他，大伙热闹嘶吼着："啊！白鸽，我是只天上的小鸟，啊！白鸽，我要飞越群山，没有人可以夺走我的自由……"有时也很抒情地唱《老鹰之歌》："我宁可是只麻雀，也不愿做一只蜗牛，没错，如果可以，我会这样选择……"我们似懂非懂唱着的歌，就像我们想飞的心，渴望飞到农村之外的世界去，有谁愿意像蜗牛一样在农田上慢慢爬行呢。我们从黑白电视和收音机中得来的讯息，想象着远方的图景，激起我们太多的向往和好奇，盼望着去体会一些不一样的，除了春耕夏耘秋收以外，有别于农村生活的一些什么。

曾经，雄哥的眼光随着鸽子在空中逡巡，若有所思地说道：外面的世界不知道是什么样子，真想出去看看啊。虽然雄哥不再上高中，他总幻想着要利用什么物理原理来改造农具，比如在连枷上加装马达使它快速回转，用什么输送带把稻谷自动送进风鼓，可以怎样省力，迅速完成单调吃力的工作，然后他要去申请发明专利。一旦有了专利，哈，雄哥一脸无限神往，说得嘴角生波：到那时候就可以赚很多钱，可以养更多更好的鸽子。仿佛他就要出境比赛得冠军了。

夏天，我们去冰果室吃豆油膏番茄，冰果室的收音机喧嚣着披头士的歌，虽然我们还听不懂他们唱的是什么，也足以让雄哥的手足为之骚动起来。常常，那些养鸽青年也借故来冰果室找雄哥，他们像猫王唱歌时斜站着抖脚的调调和看人的眼神让我很不高兴，用我阿妈的话说就是：不正经。我转身便离他们远远的。

赛洛玛台风袭台的那一年，隘泰溪的大水险些冲破堤防，强风将小学里和阿妈一样老的凤凰树吹倒了，大人们冒着风雨在田里抢救香蕉。雄哥的鸽笼也在屋顶上摇摇欲坠，眼看着就要被吹落下来。雄哥不顾强风大雨，硬爬上去抢救。鸽笼好不容易绑住了，雄哥在风雨中却像一片落叶从屋顶上滑了下来……

阿妈忧伤地叹气，说了声：歹积德喔！

雄哥摔坏了脚，姑丈也只好妥协让他在猪圈前的空地再搭建鸽笼。养赛鸽不仅比鸽子的体力、智力，更比鸽主的财力。不仅要用高价去买优良种鸽，还要早晚清理鸽笼，购买饲料药品，玩赛鸽在家人看来就像在烧钞票一样。雄哥陆续赛鸽赢得了一些钱，在一次比赛中他看好的赛鸽被人猎杀，雄哥便输光了所有的赌资。没有人有能力资助他养鸽子，此后鸽笼就如月球表面一样荒凉，变成一道道空洞的疮疤，我们也只能冷冷呆望着如废墟的鸽笼。

我们的农村有时也像个月球表面一样冷，无所事事在农村很难过日子，父母唾骂、村人闲话的口水就足以让人灭顶。免去了兵役的雄哥选择去学开怪手（注），此后，他脸上的线条更加粗野，身上晒得像裹上一层皮革似的，愤怒是他唯有的情绪。带着像在抗拒什么的眼神，雄哥无时无刻不坐在怪手的驾驶座上，粗暴地要铲除有形无形的障碍物，要移开面前的大石块一般挥动着有形无形的怪手。这时候再没有人知道他心里在想些什么，恐怕连月光都不能照亮他的内心深处了。

或许在雄哥看来，我即将北上念书，也不过像蒲公英的种子被台风吹到台湾北部那样罢了。那日夜里，雄哥在暗处叫我，带我到阴暗的猪舍角落。雄哥四下张望一遍，眼底像鸽子眼睛一样红通通，他从柴堆里摸出一条棉布包裹着的长长的猎枪。空气中有一股快要爆炸的紧张感，仿佛只要有谁说一句话，就会擦出火花引发一场灾难。

沉默重重地横亘在雄哥与我之间，久久谁也说不出一句话。雄哥负气似的将猎枪扛在肩上，低声说：我要走了。一句听起来很孤独的话。

目送雄哥扛着猎枪自夜的薄雾中逐渐消失，身影如傀儡戏里的人偶轻微一跛一跛地，冷冷地走远了。天色昏暗，要走的路，在雄哥前方延伸，不见尽头。

怪手：即挖掘机。

郑丽卿

台湾作家。

飞行与阅读

钟芳玲 / 文

多年前搭飞机，无论是长程的国际或短程的国内航班，总是不必担心太过无聊，飞机上除了不少报纸外，一些分隔墙上还设置了专区，插放着不少当期的杂志。我曾经做过调查，发现某家航空公司的杂志最丰富，因此后来搭机总是以此公司为首选。我平常阅读以书为主，杂志多半是在图书馆或报摊浏览，除非有特别感兴趣的一些文章或报道，才会订购或买来收藏。虽然我每次搭飞机都会随身带本书，但机上的诸多杂志总是让我目不暇接，因为这种阅读往往让我有种打野食的快感，这就像经年讲究健康饮食的人，偶尔也会渴望一些垃圾食品，像是到速食店大吃汉堡与薯条、猛灌可乐。

但近几年来，我发现机舱内的杂志与报纸的种类和数量越来越少了，一些短程的航班，甚至完全停止提供，只剩航空公司自行印制的宣传性舱内杂志与免税商品目录，几分钟就可以翻完。至于长程的航班，一些休闲娱乐性的杂志也逐渐减少。

去年十一月我由美国搭乘国际知名的客机到中国大陆，忙乱中我把原本预计要随身携带阅读的一册平装本小说塞到了托运的行李中，懊恼之余，立刻自我安慰，心想飞机上好歹有些《Time》《Newsweek》这类新闻周刊能打发时间，谁知一上飞机，看到所有的杂志柜全是空的，空服人员向我解释，除了头等舱，其他舱已经好一阵子都不提供杂志了。由于油价不断上涨，为了节省成本又不过度提升票价，航空公司持续紧缩服务并设下许多严苛规定，例如行李限制由32千克变成23千克，凡超重者一律罚以重金，以前免费的红白酒现在都得花钱，听说还有航空公司动脑筋要乘客每次上厕所都得付费，杂志被取消似乎也不稀奇了。

我是无法在机上入眠的人，看来十三个小时的长途飞行得全耗在飞机上仅有的四五部电影与十来个音乐频道上了，偏偏这些影音的选择不够多，若非不合自己的口味就是已经看过，那趟飞行真是痛苦至极。

两星期返程时，我已经确保随身携带几本书，谁知飞机刚起飞不久，空服员就广播，约十几排座位顶上的阅读灯故障，而我的座位恰巧就是其中之一，唉，这趟行程又毁了。

不到两个月我再从美国搭另一个航空公司的飞机到香港，这一回我带了两本书，买了三本杂志，座位的照明灯也正常，但是问题来了，我发现这飞机上不仅没有任何杂志，而且固定在前排座椅后、插放报章杂志书籍的置物袋居然连个弹性松紧带都没有，单是要抽出放在里面的宣传目录都很困难，更别说要塞进多余的东西，我所带上飞机的一堆读物自然无处可放，狼狈之余，只能把它们都垫在脚下。

所幸这家航空公司不仅在每个人座位前设置了荧幕，而且按他们的说法，还提供了"源源不绝"的机上娱乐，号称包括了一百部电影、三百五十个电视节目、八百八十八张音乐专辑、二十二个音乐频道和七十多个电视游戏，这大概是我见过提供最多频道与节目的班机了，即便挑剔如我者，也很难不在其中找到几部能观赏的影片。机舱上的设计，很清楚地宣告了纸本书与杂志是不受重视的。不可否认，纸本的管理与维护不如提供电子节目般容易，一般人要挤在飞机上阅读书籍或报章杂志确实也很不方便，除非你富有到能搭价格高昂的头等舱，否则一般空间都小得可怜，翻阅报纸要小心翼翼，以免碰撞到隔邻，尤其是夜间阅读得使用顶上的高瓦数照明灯，想要入睡的一旁乘客又成了受难者。

我是个习惯大量阅读的人，但是这几年我发现所有的设施都对纸本书不友善，迫使对纸本书原本专情的我，也不得不认真考虑要买个电子书阅读器，下载一些电子书与电子杂志，以便搭机或旅行时阅读。以亚马逊推出的第二代Kindle而言，薄薄不到一厘米、仅二百八十九克重，却能够容纳一千五百本书，还可以连续阅读好几天不需充电，碰到不认识的单字，还可以立即查字典、听发音，这玩意实在很诱人。

当我半年前和任职于旧金山公共图书馆的老友艾沙·丕维提到打算购买电子书阅读器这个念头时，他斜着眼对我轻吼："traitor！（叛徒）"艾沙是图书馆"书籍艺术与特藏区"(Book Arts & Special Collections）的馆员，专门捍卫绝版的珍本书，对印刷、对纸质、对字形、对装帧都讲究得很，他是那种退休后想要买台手动印刷机玩玩的传统老派人，他对电子书的反应可想而知。

我一直到现在还没去订购Amazon Kindle或它的死对头Sony Reader，一方面我还在等着它们继续降价，等着它们从现有的灰阶变彩色，等着说不定哪天有个喜欢我的人买了其中之一当礼物送我；再方面，我想要慢慢延缓进入另一个阶段，对于我这个阅读的女人，那将是另一个人生的分水岭；我也需要时间想想，电子书的发展对我心爱的实体书店会造成什么样的冲击？但我隐约知道，购买电子阅读器不过是时间的问题，它迟早会和手机、钱包、口红、钥匙圈，统统一起挤在我的手提袋里。

当那天来临时，你也许要问我，是否就此抛弃纸本书？是否纸本书就会从地球上消失？答案当然是否定的。你想想，谁会天天搭飞机呢？此外，我固然讨厌旅行时提着沉重的书袋、无法忍（承）受上万本书挤在我空间不大的书房，但若没个几百、几千册书，"书房"还算书房吗？而且实体书永远是我眼中最好的装饰品，我到一般书店里看到内在美（写得好）与外在美（制作得好）兼具的书，依然无法克制冲动把它带回家。特别是在我迷恋的古书店，若碰到装帧精美、有掌故、限量编号又有作者签名的绝版书，更是如同着了魔般。

我永远忘不了千禧年二月十八日在北加州深山圣璜岭（San Juan Ridge）的一个偏僻酒馆，与曾荣获普利策文学奖的诗人盖瑞·施耐德（Gary Snyder）访谈和互换作品的场景。开心收下我致送的冻顶乌龙茶与拙著后，已经半隐居的施耐德慷慨回赠我一册限量一百二十六本的《唐诗十六首》的私印影本，还让出自己手里最后一本中译诗文选《山即是心》，并在书名页上留下了时间、地点与两人的名字。每每翻到他给我的书、看到他的题赠，就忆起当时的幸运与欢愉。若是我们的作品都成了电子书，没有纸本交换，那一天的会晤想必会大大失色，更不会在我脑中如此清晰。

纸本书不仅仅是承载内容与讯息，它的自身往往就是一项具有审美功能的物件，它的独特经历也可能对某些人有特殊的意义与价值。即便"书"的定义随着时间与科技而演进，但纸本书终究不死，终究在爱书人的心中与屋中占有一席之地。

钟芳玲

台湾著名出版人、作家兼访书家，长期于台湾与大陆报刊撰写与书相关的专栏。著有《书店风景》《书天堂》《书店传奇》"书话三部曲"。

书写就是旅行

陈芳明 / 文

1

展示在图书馆玻璃柜里的手稿，静静摊开在室内柔和的灯光下。经过多少里路的漂航，多少岁月的眺望，这些手稿终于也有靠岸的时刻。当初字迹在纸上滑行时，从未臆想日后文稿的最终归宿。敞开的白色稿纸，往往是一望无际，不能确知书写之旅的起点与终点。俯仰之际，生命的重量全部都落在笔端。纸上风云，笔下情感，紧紧攫住以身相许的刹那。每一篇文字完成时，几乎是经历一次小小的生死。站在展览室内，隔着玻璃端详自己的笔迹，仿佛再度看到灵魂挣扎的痕迹。

容许手稿投宿在图书馆寻求安顿，为的是结束半生以来浮沉的远游。穿越过追风逐浪的旅途，从异乡到故乡，从少年到暮年，这些文字已完成空间与时间的双轨旅行。它们既是肉体的化身，也是精神的延伸，错落地烙下多少年前的脚印。风雪里的跋涉、沙滩上的散步、山谷中的攀行、高楼下的仓皇，已都幻化成泛黄纸上的漫漶文字。若是在字里行间嗅到一丝甜味的空气，那可能是书写于远方湖畔的一盏灯下。如果文字中间升起一缕悲愤之气，大约可以推想当时的心情正与狱中朋友展开对话。思考上的灵光一现，情感上的微波涟漪，也许已在记忆中淡忘，却完整地保留在有着时间色泽的手稿里。

置放在柜里的手稿，是不是也暗示半生的记忆也一并存锁在玻璃柜另一面的记忆，是不是也像陈放在水晶棺里的魂魄。细读那些飞扬的字迹，许多遗忘的心情却又忽然苏醒过来。依稀中北国的一个夏夜又再度回来，恍然也看到那张受到星光眷顾的窗边书桌。西向的窗口，眺望更为遥远的海洋。想象中土地上的孤独身影，总是习惯坐在朝西窗口的桌前。手上紧握的笔，往往承载着无以排遣的乡思。三千里远洋，十余年天涯，岂是一支衰弱的笔能够抵御？

璀璨的星，鉴照着彻夜思考的翻腾，疲惫肉体的折磨，隐约在引导纸上的笔寻找回乡道路。仰望深邃的星，视线几乎不能企及。眼神投注在夜空的那个光点，犹似在黑板上划出一条几何学的辅助线。沿着那细致的虚构线条，失魂的心灵意外地开启年少时期的天空。在异乡最深的夜里，濒临绝望的书写骤然获得挽救。

有多少书写，都是在最后一刻放弃之前，思考又有一次逆转。可能不是思考，应该是感觉。一息尚存的感觉，因为星光的点化，突然变得特别敏锐。早已逝去的湿气与风声，亚热带岛屿的燥热，在那神秘的深夜，奇迹般降临在毫不设防的肌肤。感觉回来时，纸上的旅行也重新启程。空旷无比的白纸，宛然浮现一张地图，或是一张可供辨识的星图，失去方向的笔，确信发现了坐标与位置，壅塞体内许久的乡愁，随着文字的释放而得到纾解。

如果书写是旅行，走上回乡道路的文字，当不止于携带感觉而已，与历史、文学、政治相关的知性思维，应该也一起动身出发。生命中发生最强烈的转变，莫过于自己从第十世纪的宋代引渡到二十世纪的现代台湾。那样跨界的时间之旅，只有诉诸革命性的勇气才能克服内心的惶惑。宋代的探索，依赖的是历史学的考据训练。现代台湾的发现，则是求诸文学想象的挖掘。这种思维上的转向，等同远洋航行的巨帆在一夜之间调整方位。水性的转换，一度使扬帆的速度急遽减缓。

为了梳理帝王将相的历史，曾经把年少时期的岁月投注在线装书的阅读。释出窒息气味的重重书架，囚住一个敏感的心灵。坐在图书馆的毛玻璃下，仔细对比不同版本的木刻文字。那时肉体已在膨胀，许多奇异的感觉在血脉里流窜。血管贲张的想象，都在史料阅读之际平息下来，过多的热情也被迫必须冷却。历史的想象，在古典颜色的纸页之间穿梭，以求得假想中的一个事实。但是，在千锤百炼的考据下获得的事实，果真是属于事实？

颓然坐在浩瀚的史书之前，忽然觉悟所谓事实不都是解释出来的？史料与史料的衔接，如果需要人工着手构筑，如何证明事实值得信赖？历史想象求得的事实，如何不是想象的延伸？内心自我提问的过程，一旦陷入之后，时间之旅便无穷无尽。

对于历史书写，越来越觉得恐惧。在彷徨的边缘不免对文学流露无可抑制的眷恋。史料是时间的残余，不可能激发情感。文学不是残余，而是心灵直接感应。即使承接一首古典诗，无论时间如何久远，不必借由考证，就径自产生波动。一触即发的冲击，像是晕开的涟漪，在内心不断扩散，悲喜哀乐的情绪，纵然是多么细致，都是属于真实。

四十年前文学生涯的开端，始终是一首诗的书写。落笔写下第一行时，也许就是生命的强烈暗示。在诗行之间选择的文字可能并不精确，表达出来的情感可能也并不恰当。看来是那么拙劣的一首诗，却是与星光，与风声，与体内的情绪，缠绵纠葛整个夜晚之后才困难地诞生。那是精神搏斗之后的产物，是生命最好的标本。如果在阅读时发生不快，或厌恶，那也是生命状态的最佳呈现。文学的真实，于此得到印证。诗有时并不需要解释，所有的感觉都可以得到容许。

2

文字的力量有多大？这是难以臆测的问题。长年累积下来的手稿捧在掌上时，才发现文字的重量超乎想象。薄翼般轻盈的稿纸，在文字落笔之前，只是一张空白的记忆。有时稿纸遭到揉皱废弃，更不可能在生命里烙下印痕。然而文字一旦在纸面滑行浮现，直到一篇文章完成，稿纸的分量便逐渐加重。

每一个文字都是以想象与思维兑换而成。生命中的某一个时刻，以专心的精神注入手腕，以孤独的身影俯腰书写。纵然书写的速度飞快，每落下一个文字，那段入神时刻的思维方式与心理状态便留下记录。时间过去，生命消逝，感觉不见，心情失踪，唯文字停驻在那里。时间兑换成空间，拒绝寂灭。凌乱的笔式，歪斜的字迹，已不容洗刷拭去。文字有没有力量，可能无法回答，但是它的存在，一定比抽象的时间与幻化的生命还要长久。

辨识自己早年的字迹，有时不能相信生命之旅的神秘时刻竟然留存下来。透过衰弱的文字，竟然还窥见逝去生命的挣扎、迟疑、搏斗、对决。站在时间的对立面，企图让思考的闪现灵光留下痕迹。那是庄严的时刻，体内可能有不知名的神祇进驻。借助神的力量，使起伏的情绪，难言的美感，不确的智慧，都换算成文字。笔法也许欠缺华丽，字形也许失诸潦草，却相当尽职地把一个可能是平凡的时刻转化成非同寻常。文字搁浅在那里，稿纸也置放在那里，易逝的生命也幸运地被容纳在那里。

文字可能没有任何力量，无法接受任何的磅秤。但是重新检视陈旧的文稿时，才发现过往的生命竟然并不全然消失。早年的信仰与价值，仍然还保存在羞涩的字迹深处。所有的阅读原属于过眼云烟，抚触过的书籍，研读过的知识，流水一般在指隙间穿过。有多少阅读的记录，至今还完好地留在手稿上。因为偏爱，因为相信，所以才会容许升华文字。每打开一本书，就是敞开一张地图，精神的旅行从此启程。

无论作者是熟悉或是陌生，浮游在书中之际，仿佛是展开一次神秘的对话。在恰当时刻，往往不禁击掌赞叹，只因在书中撞见一片美丽风景。有时也情不自禁会动怒，愤懑于书中文字的荒谬悖理。无论是悲愤或愉悦，都是精神上的丰收。手稿里存放着那年许多的阅读心情，又一次记取多少夜独的时刻，已经与或离或友的作者有过心灵上的交手。

有时会为自己的阅读方式感到纳罕，为什么一首诗竟是那样解读，为什么一篇小说会是如此诠释。在书中俯仰之际，可能发生过不计其数的知识会盟。重新端详自己的文字在纸面上游走，似乎也可追索当年阅读的困顿与乐趣。在峰回路转的阅读之旅，不免又记起当年也曾经在马克思主义或女性主义的思维里浸淫过。阅读并不纯然是平面的、静态的经验，眼睛在书中逡巡时，思想已在援引另一位作者的书籍。一场看不见的圆桌会议，已经在内在的精神层面热烈进行。邀请不同的作者参加阅读时，平静的书籍也许正要酿造另一次的思想风暴。

在书中眉批加注，已无法满足自己的脾性。即使只做一些短短的笔记，也还是不能称心。必须摊开稿纸，把阅读的感觉、情绪都书写成一篇评论。在那样庄严的时刻，生命中信仰的力量也注入阅读之中。因为那是全心投入，抽象的精神漫游，都变成历历在目的文字证据。经过书写的仪式，阅读过的书便不再烟消云散，许多作者也注定是据为己有。知识的累积也因此而完成，文字的力量正是在此彰显。

生命是什么？它应该是知识与情感的总和。生命质感的加深，绝对不是来自年龄的增加，而应该是得力于各种历练的结合凝聚。知识历练可能是无法避开的过程。毕竟个人的生命过于褊狭，必须借助别人的思想与作品，才能扩大生命格局。阅读使自己与他人的生命产生联系，从而开启未曾看见的世界。稿纸上留存的蜿蜒笔迹，有不少是当年阅读的印记。迤逦的阅读，曾经把自己带到遥远的边境。那可能是一个喧闹的春夜，稿纸留下的日期可以印证。在虫声的噪音中，平静的心情维持着一支稳定的笔。从文字的逻辑推理，可以测知当时的思考保持在清晰的状态。作者所企及的远方，确信自己也真正抵达。文字的记录后，曾经不能开启的难懂诗句，都在那深沉的夜晚迎刃而解。稿成之后的心情，如今都已难以回溯。然而，重新捧读手稿时，竟然有一丝莫名的喜悦，在身体的什么地方暗自涌现。

3

生命可能什么都不是，却还是有其特殊的意义。至少它是一个容器，可以承受不同知识的汇集，使不同时空的作者可以发生共时的晤谈。生命这个容器还不止于此，它还是各种流动情感的交会所在。情感的激荡，连带酿造了欲望、想象、记忆。从内心最深的无意识世界，流泻出毫无遮拦的语言与文字。从内心到手掌，从指尖到笔端，无法隐藏的感觉直接注入稿纸。体内幽微的震动，都有可能使文字发光发热。文字一旦释放意义时，生命也同时获得精确的定义。

年少时的手稿，注满过剩的愿望与憧憬。那时的体魄还在成长，却已开始构筑一个比生命还要巨大的梦。从字迹可以窥见，当时的梦近乎繁华，因为选择的字眼大都美得无可置信。看待世界的方式，并非眼见为真，而是以幻想、以模仿、以虚拟，来取代真实。那样的真实，全然禁不起分析，却反而使日子过得非常充实。存稿中残留的诗行与断章，可能暗示了一个凄美的故事，在现实中却什么都没有发生。那样书写纯属一种策略，只是为了证明自己已经跨入成人世界。审视旧稿时，看到这种创作手法，不免觉得可笑。以各种方式暗示自己已是成人，现在看来反而凸显自己是多么不成熟。梦的书写，延续大约五年之久，必须在大学时期结束之后才宣告终止。如果说在文学生涯出现浪漫主义的倾向，那段时期应该是最为鲜明的。

文学风格开始有剧烈转变，是在远地的北国。灵魂受到刺伤，身体受到惩罚，才会思索如何使文学更确切地表达自己的感觉。文体与身体，也许存在某种对应的关系。只有真正尝到苦涩的滋味之后，才可能选择贴切的文字来描写苦涩。忧伤笔调的形塑，绝对不可能依赖纯粹的想象。心灵与肌肤同时迎接沉郁的岁月之际，年少的梦在时间冲刷下更支离破碎。知识累积加重，生命色泽加深，纸面上的文字便不再是美的幻影。

赤裸的笔指向无边的黑夜，也指向无尽的现实。在激流涌动的80年代，见证朋辈命运的开阖生死，有一种无法抗拒的力量渐渐在手稿中诱导召唤。那是生命自我爆发的年代，从来未曾预见一支孤单的笔竟然同时经营不同的文体。政论、史论、文论、诗论，以交错轮替的节奏与自己的故乡建立规律的对话。北美大陆与中国台湾海岛处在子午的两极时段，日夜颠倒的时间运行，并未影响书写的速度。在肉体还未回归之前，文字已优先回到自己的土地。时空的阻隔并未切断眷恋的情感，在地球最偏远的地带，没有人注意到这样一个生命的存在。疯狂的书写，不尽不止的书写，朝着故乡的方向呼喊着"读我，读我"的声音。向着狱中的朋友，向着噤声的土地，只是要提醒他们并未受到遗忘，也要提醒自己不被遗忘。

存放在玻璃柜的手稿公开展览时，书写已把一位被遗忘的生命拯救回来。那些于今看来是柔软的文字，却是把曾经的黑发少年引渡到苍发暮年，也把曾经的历史学徒转型成文学作者。书写是近乎静态的行动，文学也是近乎脆弱的符号。然而，如果没有文字与书写，生命可能早已沉没在不为人知的远洋。从来不相信文学的力量有多大，只相信没有发出声音的生命注定没有力量。

二十余年的手稿汇集在图书馆时，时间的标本，岁月的脚印，变成了无可擦拭的记忆。不同生命阶段的旅行，不同知识领域的跨越，不同文学风格的营造，因手稿的保存而成为雄辩的见证。如果有人问起心路历程的转变，如果有人好奇生命道路的曲折，这些手稿便是最好的回答。书写就是旅行，而旅行的抑扬顿挫就是一部自传。

陈芳明

台湾学者，著有《受伤的芦苇》等。

爱可以改变世间的一切不美好 3

第三章

没有人是一座孤岛。失去了爱，也就失去了生存的意义。愿我们无助难过的时候，这些有爱陪伴的时刻都能长出灿烂的花来，温暖漫长的黑夜。那是岁月留给我们最好的礼物。

· · ·

追念亡友吴望尧

余光中 / 文

诗人吴望尧晚年多病，几近失明。很久没有通信，只知他远在中美洲，等到他客终他乡的噩耗辗转传来，虽为新闻，却已非近事了。我的难过就像隐隐的内伤，难以指认确在何处；尽管疼痛没有焦点，却牵连到半个世纪的回忆。

故事虽已结束，但怎么开始的，竟记不起了。只记得一九五四年蓝星诗社成立之初，创社的五位诗人并不包括望尧，所以他的出现当在蓉子之后，而稍早于黄用。等到我在一九五六年九月结婚的时候，他已经是来厦门街按我家门铃最频的常客，远较夏菁、黄用为频，更不提创世纪那些豪杰了。

我这一生从未入党，对于组社结派也无兴趣。当年参加共组蓝星，是因为钟鼎文、覃子豪两位前辈忘年枉顾，联袂相邀，令我有些受宠若惊。但他们毕竟长我十五六岁，可以结成文友，却不便腻成诗弟诗兄。真正常泡在一起高谈阔论、褒贬人物的，是四个人：其中夏菁长我三岁，望尧和黄用各小我四岁到八岁，可以算是同辈。黄用年纪最轻，反而知性最强，擅于理论分析，评人最苛，来我家最大的兴趣在坐而论道，而对世事的繁复不太关心。夏菁年纪最长，性情最宽厚，即使论到"文敌"，也只轻描淡写，谈笑用兵，从未见他剑拔弩张。他另有入世的一面，不会只顾跟我谈诗而冷落了我的家人，疏忽了我的新娘，可说是理想的客人。望尧在谈诗之外，更乐于融入我的家庭，跟我们夫妻玩在一起。他在台湾似乎没有家庭，可以确定的是只有一个哥哥，叫吴望汲。我们很少追问他的身家，只知道他曾在淡江英专肄业，而他也很少自述家世。

　　无羁无绊，这么一个单身汉，又是任侠善感的性情中人，喜欢常来我家，而且不一定唯诗可谈，所以很自然就成了玩伴，不但点子多多，而且往往夜深才散。望尧的诗有其阳刚雄奇的一面，与我同一类型的风格可以呼应。两人有不少同好，从观星到闹鬼到欣赏古典音乐，我们都能共享。吾妻我存也纵而容之，顾而乐之，参而加之，留下了不少同乐的回忆。

　　当时台北的夜空，大气尚未污染，光污染也还不剧，星象有时历历可见。我们不一定要去开旷的河堤上才能观星，就算厦门街的巷子里，也可以在冬夜仰望猎户星座，像天启神谕一般，那么壮阔而璀璨，堂堂自东南方升起。望尧总是兴致勃勃，一手电筒，一手星图，不断俯仰参照，求识天颜，神游乎光年之外。两个星迷就这么夜复一夜，共游于宇宙之大，光程之远，忘情于天文学与神话之虚实绸缪。那段时间，我们写太空幻境的诗因此也就不少。一九五七年八月，我的《羿射九日》一诗发表，有"拉开乌号的神弓，搭一枝棋卫的劲矢"之句。望尧当天从南部赶回台北，特别为之买了一把黑漆的长弓来送我，令我深感知己的知音。

另一同好便是鬼神的灵异世界。我们常在夜深述说或编造鬼故事来互相惊吓。有时会忽然关掉电灯，用电筒由下照上，露出明暗易位的一脸狰狞。我们夫妻本来不看日本电影，却在望尧的劝诱之下去看了《四谷怪谈》《独立愚连队》，当然还有《宫本武藏》。有一次我们上街，望尧昂昂然独步于前，我走中间，我存则落单拖在最后。事后我存抗议，望尧却说："日本片里的武士都是这样的。"

望尧酷嗜古典音乐，入迷之深胜过我们夫妻，尤其听到高潮入神，总会情不自已，做出打拍子应节的手势，一面闭目忘我，随着曲调陶然地哼哼唧唧。受到他的感染，我们更加兴奋。他的记性很好，即使不听乐曲，也会大段哼出李斯特的《匈牙利狂想曲》或是贝多芬的《皇帝钢琴协奏曲》。我则不甘示弱，也会哼出林姆斯基·科萨柯夫的《天方夜谭》来较量。

望尧乃浙江东阳人，该是初唐诗人骆宾王的同乡。当年蓝星这"四人帮"的少年游，正醉心于西方的缪斯，并未认真追究彼此的籍贯。其实夏菁与望尧都是浙江人，我和黄用都是闽南人，原则上均为南方人，也许可以另组闽浙诗派了。四人之中，黄用最高，依次递降是夏菁、望尧和我。望尧剪小平头，额宽颔窄，嘴比较小，闭紧时爱鼓起下唇。脸色经常灰沉，两颊有些瘦削，皮肤较粗如橘面。发声近于男中低音，鼻音与喉音较浓。他的表情以阴郁为基调，但在兴头上也会意气风发，一时豪放，浪漫到不行。

有一次一连好多天他未来我家，我们不放心，辗转打电话找到他。果然有了意外。他租屋独居，生活不守常规，某次深夜回去，进不了门，便攀竹篱入内，不料跨越失手，被一根竹尖狠狠戳进胁下。我们立刻赶去探伤，见他果然纱布吊臂又裹胁，状若伤兵。不过又发现他非但没有沮丧自怜，反而引以为傲，仿佛做了一次落难英雄，我们也就释然，苦笑以对了。

我和望尧尽管相交莫逆，但是来往的场景多在厦门街我家。至于他的日子平常是怎么过的，跟哥哥的关系又是如何，我们并不清楚，只觉得这位朋友向往的虽是武士气概，真正过的却是吉卜赛生活。有一点却可断定：不管他写过多少情诗，当时他应该没有女友，否则总会带来我家。我存怜他浪荡无主，就把自己一女中的一位同学介绍给他。望尧约会了她几次，甚至还同去郊游，不过后来并无结果。也许那女孩并非诗人的知音，加以对方的家长一听是什么诗人，就反对他们交往下去了。不过望尧也并非毫无收获，例如《骑士的忧悒——给叶洛·芙瑛》和《乃有我铜山之崩裂》，就是事后留下的情诗："叶洛"影射的，正是那女孩姓黄。

我和望尧深交，是在一九五五至一九五八那三年。一九五八年的夏末秋初，短短三个月里，母亲火化，珊珊降生，我自己更远赴美国：人生的三大变化接踵逼来，先是悲喜交加，而终于被寂寞领走。等到一九五八年秋天从美国回台，幼珊却继珊珊而来，我在师大英语系新任讲师，又忙于备课，遂无法像从前那样和望尧频密来往。望尧大概误会我在疏远他，意有不释。其实我留美一年，他先后赠诗两首：一为送别的《半球的忧郁》，一为催归的《四方城里的中国人——给光中》，都真情流露而诗艺精巧。而幼珊出生，也是他第一个飞邮去美国报喜的。如此情义，绝非泛泛。

一九五九年十一月，我回台一年后，望尧也毅然决然，连根拔起，远征越南而去。这一去，连他自己也没想到，竟是漫长的十八年，直到一九七七年九月才从西贡重返台湾。其间他在西贡创业，专利经营他所研发的清洁剂而致富，生活稳定后重拾诗笔，颇为多产。不幸最后由于战争，他的巨富化为乌有。当时我已转任香港中文大学中文系教授，先后写了两首诗给他：前一首写于他身陷初破的乱城，题为《西贡——兼怀望尧》，后一首写于他重获自由之际，题为《赤子裸奔》。我们相互赠诗，都是远阻两岸：他赠我诗，还在偏安之局，我赠他诗，却在兵燹之世。

望尧一家能从西贡逃出来，我家也出了一份力量。我父亲久任"侨委会"常委，乃促成"侨委会"联络驻泰国代表沈克勤，向越方证明望尧的户籍本在台湾。如此望尧始得先飞曼谷，再转台北。后来望尧惊完忆惊，才对我们追述，他带家人登机之后，起飞之前，深恐临时还有变故，那一刻长于千年，是怎样焚心的焦虑。

但是台北居亦大不易，望尧的化工企业已经毁于战争，他破产了，身心俱疲。三年之后他鼓起余勇，带了全家再别台湾，去一个比越南更远而且全然陌生的异国——玛雅古国洪都拉斯。一举而要融入中美洲的人情地理和西班牙语的日常生活，更不提还得全神创业，压力之重当然容不得诗人吴望尧再顾缪斯。渐渐，他与台湾失去了联络。尤其到了晚年，久患的老年视网膜退化症更加恶化，就算把两架放大镜叠在一起，也只能勉强辨识字形，而尽管如此，稍一久读也会眼痛。至于写字，也苦于举笔维艰，所以难于和朋友通信。如此困境，当然更败坏诗兴。

这便是曾经与我友情共鸣诗兴相通的杰出诗人吴望尧。在交会时他曾经与我如此地亲近，而错过后却又与我如此地疏远。他是蓝星星座漂泊得最远的一颗流星。金属疲劳的肉身啊终于埋骨在玛雅的青山，曾经歌哭于斯焕发于斯的福岛，再也回不了了，而用诗句牵过系过缠过的神州，更无缘再践。但是他的魂魄，他那无所不入、入而无所不透的想象力，曾经兼探东方与西方，贯穿美学与科学，并且用敏感的触角伸向未来，则将长久驰骋于他的诗篇。可憾者他的诗名今已不彰，连张默主编的《新诗三百首》也吝于为他留一页半页。我相信，吴望尧留给现代诗史的丰美遗产，仍有待耐心的史家、论者仔细清点。棺虽已盖，论犹待定，诗友学朋们，看一看后视镜吧。

吴望尧的诗作产量丰富，风格多元，佳作不少。大致分来，约有三类。第一类是少作，受了新月派和西方浪漫派的影响，轻倩柔美，意浅情浓，和我早年的情况相似。第二类仍是抒情的小品，但命意转深，个性转强，感性独特，风格渐向现代诗接轨，看得出大有发展的潜力。第一类可以下列的《竖琴》为代表：

> 我的心是只小小的竖琴，
>
> 久久没有人来弹奏，
>
> 如今拨出了优美的声音，
>
> 被你一双纤纤的手。
>
> 你切莫把琴弦弹得太重，
>
> 因为弦丝已经陈旧，
>
> 也不要尽管轻轻地抚弄，
>
> 那将撩起我的忧愁。

第二类的佳作应该包括下列的《铜雀赋》：

> 若你有铜雀　锁不锁得住春天
>
> 若你有春天　锁不锁得住二乔
>
> 若我有东风　便把东风一股脑儿借你
>
> 借与你漫天的花雨　千树的桃花
>
> 逐水流。可是江南不是千山的江南
>
> 任十里的春江向晚　凝目处堆烟砌霞
>
> 汉朝的楼台不见楼台　荒芜的庭院深深
>
> 谁还知道千年的往事　又散入了谁家？
>
> 若你有春天　锁不锁得住东风
>
> 若你有桃花　染不染得红半壁的天涯
>
> 百代下　若你在铜雀遇见了二乔
>
> 且问她　若三月的东风不来　你嫁是不嫁

　　这种诗真是尖新可口，用现代的口语来传古典的风流：徐志摩无此自如，何其芳无此飒爽。节奏太滑利时，已懂得将"千树的桃花逐水流"分在两段，顿挫来得突然，乃收变速、变调之功。又如"染不染得红半壁的天涯"，既有口语的自然流畅，又有"半壁天涯"的化虚为实，巧铸新词，诚然是推陈出新的。又如《醒睡之间》这一首：

睁眼泅泳于黑海湾的菱角线上

听心的帮浦在压缩，呼吸如蛇之在我鼻穴中游动

四壁墙上有十六只眼睛在交换眼色

手术台上躺着待割的鱼吧

可以掀去我的鳞片了，流白色的血液而无感于痛的

所以一群戴口罩的木乃伊在私语着

我是被压在这灰色光的金字塔下的

躺在一方冷寂的沙漠，千年的岁月奔泻直下

我感到，有仙人掌的利剑在刺我，向生命的脆弱处

而我已是长了翅膀的，我可以飞了！

　　主题当然是写手术台上的病人正接受开刀，在麻药的半昏迷状态，经历了成串的幻觉与联想，从鱼到沙漠，从金字塔到仙人掌，最后到鸟，真能直探魔幻写实的奥妙。这主题，我在自己的《割盲肠记》一首中亦曾处理，句法比他精炼，想象却不及他神奇。在这类诗中，望尧已经摆脱了早年的浪漫纯情，像下面这首《中文横写》就另具机智与谐趣：

地球向东转　太阳向西爬

四千年的文化　突然

变成喝醉酒的螃蟹　在

台北的街头　五光十色的招牌上

迷路！

左顾而右盼　好像都一样

好像都不一样

（这是左右逢源　还是左右为难？）

妈妈爱我　我爱妈妈

那倒没有关系　总是一家人

爸爸的舅舅　舅舅的爸爸

这本账　可就有点糊涂

有人说　左道就是旁门

行人靠右走　就不会撞车

确是有点哲学　可是我觉得

还是挺直了腰杆走路最好

　　纯论诗艺，此诗失之散文化，而排列也嫌零碎，但若论命意与造境，却很高明。此意由我借来经营，相信会较警策，可见望尧虽多才而多产，有时却得鱼忘筌，不拘小节，不耐细改。第二类中另有一首，题为《乃有我铜山之崩裂》，原是一首情诗，开始两句是：

乃有我铜山之崩裂了

你心上的洛钟也响着吗?

当年望尧写好后示我,只看起句就震撼了我。太有气象了,动情,就应该如此的。古谚有云, "铜山西崩,洛钟东应", 根据东方朔的解说:铜者山之子,山者铜之母。洛阳的铜钟无故响了三天,是因为远在西方有山崩的关系。这典故我那时并不清楚,否则也会用到《莲的联想》中去。足见望尧涉猎杂书比我广博,而又眼明手巧,竟能用来象征情人之间心心相印,不,心心交撼之状。可惜接下来的句子望尧却写得太缠绵太浅白,未能接住庄重的古典,落得有句而无篇。《我打今天走过》是一首组诗,写诗人走过晨、午、暮、夜,各为一副题。单看第四段《夜》,便可见作者想象之奇诡:

紫晶杯中尚存着些残酒

我是迟归的浪子吗?

啊!何以星子摒我于门外?

我欲叩月的门环

却错抓了大熊的尾巴

末三行的一连串隐喻转位得既快又妙,既单纯又繁复,却又秩序井然。望尧的许多高超之作，常以太空为舞台，而成就其宇宙剧场，但也可以观察入微，以人心人体为微观戏院。在他的诗艺中，回归新古典与探险超现代可以同时进行。他的不少新古典之作，又像歌剧，又像宋词长调，反复咏叹，令人击节。下面是八行的《大宇如网——赠所有在台的诗人们》：

> 大宇如网，星横黯天，南国初夏
>
> 念十载浪迹，廿年浮名，方圆纵横，已成烟霞
>
> 琴棋残落，书剑飘零，那只身又是天涯
>
> 莫回头，看野荷如诗，新月如画
>
> 且罢，愁如泻，负长剑四海如走马
>
> 待北窗高卧，东篱锄菊，不谈风雅
>
> 去去何处，渺渺山河，莫非是猿鹤虫沙
>
> 到如今，问新诗三千，是谁天下？

可惜望尧虽然多产，却尽为短制，并无气贯百行的扛鼎力作。他的第三类诗也没有长篇，都以组诗的结构建成，有一种辐辏聚焦的引力。这一系列的巨构展现出作者壮阔的雄心，善变的机心，值得诗评家认真评定。从道家的《太极组曲》和《东方组曲》到现代感的《都市组曲》和《二十世纪组曲》，再到动力美学的《力的组曲》，他的想象简直有意将回忆、当今、展望熔于

一炉。这一类组诗格局宏大，设想奇诡，虚实相应，文白互补，为现代诗开拓了既能化古又能求新的领域。我认为吴望尧的潜力并未充分开发，若非时代多灾再加晚年多病，当能练就更醇厚的诗艺，完成更精美的作品。限于篇幅，我无法在此大量引证，却忍不住要让读者窥豹见斑。下面先引《都市组曲》十首之三，《银行》：

> 红墨水，蓝墨水，吸墨纸，钢笔，尺
>
> 算盘与算盘的咒骂，计算器们数字的接力赛
>
> 账簿上有许多阿拉伯数字，许多许多——〇
>
> 收入和支出摔角，借方与贷方抗衡
>
> 争论着庞大的保险库之地狱锁着的银行的灵魂
>
> 骄傲的，千万个人所追求的，不屑于一顾穷人的
>
> 从冷冰冰而阴沉的，保险库的大地狱
>
> 在大理石的阴阳界上，从铁丝网的小门
>
> 投胎于朱门大腹贾的大口袋中

与此都市文明冷酷理性形成对照的，是《力的组曲》十一首之末，《骑驼者》所营造的古代文化的神秘气氛：

> 颤抖的铜铃震撼着沙的波纹

啊！夜冷了，幽邃的铃声更冷

风的手指扯乱了司芬克斯的头发

狂嗅着骆驼的尸骸，倒毙者的红头巾

疯狂地诉说它横行于大漠的骄傲

得意地吹动着尖锐的黑管

而狂笑，隐身于金字塔的阴影

我并不怀疑我的骆驼是沙漠的方舟

我是驼峰的征服者，我仰首

哲人星在顶上放光，向无垠的沙漠指路

清冷的月光撩乱我怀中匕首的锋刃

呵！我要以它插进腐朽的历史的——心

远处，远处传来古老的木乃伊的歌声

我骑着骆驼，按着匕首，向它昂然而去

　　这样的诗句，在语言上我还能够修炼得更简洁，但是在想象与风格上已经无法更提升了。

　　注：吴望尧，笔名巴雷。籍贯浙江东阳，一九三二年出生于上海，一九四六年来台，二〇〇八年七月辞世，享年七十七岁。曾旅居越南经商，一九七三年创办"中国现代诗奖"，极力推动现代诗运动，一九八〇年

举家赴中美洲，退隐诗坛，晚年寓居洪都拉斯。著有诗集《灵魂之歌》《巴雷诗集》；散文《自由的悲剧》；小说《阮氏娥》；报告文学《越南沦亡琐记》；合集《吴望尧自选集》等。

余光中

当代著名散文家、诗人。一生从事诗歌、散文创作，曾在台湾、香港各大学担任外文系或中文系教授暨文学院院长。代表作有《藕神》《白玉苦瓜》《记忆像铁轨一样长》等。

超人的爱

陈浩 / 文

有几年的周末，陪小女儿到馆前路上云门舞蹈教室，通常她上课的时候我就下楼去逛书店，快下课时再去接她。有一次在家长等待区看了报纸，自然地陷入一旁聊天等儿女下课的妈妈堆里，乖乖隆地东，韭菜炒大葱，我竟然出不来啦，聊起女儿经，比谁都来劲，没完没了。

我想，这不得了，我咋有这DNA？群聚滔滔，莫非得议论国是，谈艺论文，怎会入这等婆妈之道，讲起女儿家常琐事，其乐无穷，欲罢不能？

此生休矣！

之一

观众席上

突然

没有声音

一颗小小白球

飞过高山

越过大河

让

中华队

赢了

这是不是她的第一首诗？可能不是。却是我抄在记事本里的第一首。那年大女儿九岁，第一次对棒球好奇，是因为看到老爸看电视大吼大叫，形似癫狂，一问究竟，原来电视正转播一场制胜的全垒打。她问，全垒打是什么？棒球怎么玩？对老爸的解释似懂非懂，写了一首小诗当作业交。老爸读了，更是痴了。

此后，棒球成了父女之间、她们的童年与我最重要的一种游戏和记忆。无数个周末，我们三人在台湾大学运动场边的空地上度过，她们的母亲也加入过几次，棒球选手是她们最早喜欢的男生，对大女儿来说，因为棒球，她的世界又开了许多扇门，职棒、日本、日文……而老爸总是想问：

我们的世界，是先有诗，还是先有棒球？

之二

十四岁时，她坐在电脑桌前，啪跶啪跶，就写了一篇两万字的小说，我竟是十分惊异，怎么一点都不费力气？"当飞机飞过濑户内海"，她写一个二十八岁的男生，背一把吉他，一部老相机，和一个西班牙钢琴手到广岛流浪的故事。小说里有许多音乐和棒球的故事铺陈在广岛这个有些说不清的淡淡悲伤情绪的城市，有些情景是我们初访广岛所遇，情节的编织是她的虚构，语言纯净，像她用色简单的铅笔水彩画。"当然是小说，不然是什么？"校刊的老师当年给了比较像是散文的评语，她很不以为然。

我压根不在乎它的文体像什么，简直狂喜，邮寄给像是韩良露、杨泽和远在得州的林泽民等老友看，在芝加哥开学术研讨会的林泽民还熬夜写了一篇小说评论给她，郑重其事，她觉得有点晕，有点深。

但是后来她就不写了，也许是因为博客更好玩，也许是因为太忙，忙着考高中，忙着上高中，忙新的朋友新的吉他，篮球队棒球队，更多更多好玩的事。我当然若有所失，把这感觉藏在心里，只是有一次忍不住说给黄春明听。春明说："不要逼她写喔！以后她想写自然就会写了。"

我失落的不是她写或不写小说。她今年十七岁生日的时候，我又重读那篇小说，我新发现我可能就是那个一起去广岛流浪的西班牙钢琴手，他其实不是二十八岁小说主角的流浪行脚，而是十四岁少女如诗的梦境，老爸曾是她无数旅行的真实同伴，化身进入她虚构的世界啰。嘘！这是不能说的秘密。

之三

两女儿在小Baby时睡觉都像一首诗，变成女生时睡觉则像打油诗，小女儿的尤其热闹。她的睡姿是一艘无舵的海盗船，任意横行，有时三百六十度打旋，半夜常被她打醒，连生气都不行。有几年她睡觉时磨牙声令人害怕，仿佛电影《魔戒》的音效，台东红叶村有一位导游青年教我找一条猪尾巴，煮熟，半夜在她嘴边挥舞，可愈。这招比磨牙更令人困扰，不信，我也忘记多久以后突然就不磨了。她睡觉时讲话，大小声，有时还可与她对话，有问有答，却完全无意识，醒来都不记得。有时会嘻嘻笑，甚至大笑，非常玄妙。她如果哪一天睡觉时唱起歌来，我会更想钻进她的睡眠，探个究竟。

之四

前一阵子挺忙，好不容易约到大女儿时间一起继续看大河剧《笃姬》，为的是边看边小声讨论日本明治维新（声音稍稍大了些客厅那头小女儿的飞镖就射来了："我还准不准备考试呀！"）。笃姬是女主角（于一）被萨摩藩主齐彬收为养女、成为公主之后的名字，宫崎葵演来特招人喜欢。有一场女儿跟亲生父母拜别的戏，笃姬那老爸百感交集，含泪向女儿说："此生和你父女一场，十分愉快。"我一向容易入戏，又迷上宫崎葵，看着眼眶也红了，揽臂拍拍大丫头的肩膀，小声说："我也是十分愉快。"她差点从沙发上弹跳了起来，马上又恢复镇定，两手一抱拳也小声说"彼此彼此"。"故意小声讲话最吵了你们"：小女儿又发话了。这部日剧有五十集，我们总算在铁蹄下小心翼翼修完了五十小时的幕末风云夜间部课程。

之五

M嫁到美国多年，前些时一个小手术没开好，纠缠数月，电话里病恹恹没气力，就写简讯给我说："我就觉得全世界只有我爸最爱我，他一个半月飞来美国两趟，这次天天煮饭打杂遛狗……""今天要跟你讲的是，不要太溺爱女儿，这样她们以后会对男人标准太高，很难幸福。"

我回讯给她说，苹果不能比鸡腿，老爸的爱不是一种男人的爱，是超人的爱；女儿不是女人，爱女儿也不能跟爱女人比；爱女人会欲仙欲死，爱女儿不会。不然问问你妈。

"哎，老妈有时也会抱怨老爸，但女儿不明白啊！以为男人都该像老爸一样聪明睿智，而且每天打骂不还地把自己捧在心窝上。"

"甭替我女儿担心啦，好好享受你的奴隶老爸吧！"我说。

之六

"健康美丽是阿思巴拉、厄斯！"我一边哼着三十年没忘的广告歌，一边把在超市欢喜重逢的铁罐头芦笋汁半打冰进冰箱，她们姐妹瞪着我仿佛看到史前怪物。

"怎么有人要喝那种东西？恶心！绿色芦笋的汁嗳！"姐姐咕哝着。

她妹妹老气横秋地说："别说他了。他喝那种汁是为了想起他的童年。"

我的气不打一处来。不骗你们，真的是好喝。有主题曲，还可以学英文，asparagus，健康美丽是阿斯巴拉、厄斯。

你爱喝"青蛙包二奶"，姐姐爱喝的"冬瓜奶茶"，不怪吗？要我喝我也喝过了你们如果老了也会怀念的"少年时代饮料"，姐姐还写到她刚发表的歌里去，歌名就叫《冬瓜奶茶》：

> 风吹过山脚下的鱼市场
>
> 蓝天下的鱼腥味我想起了海洋
>
> 问自己真的不会犹豫吗
>
> 追梦的是不是都会飞翔
>
> 也许我只是一个水手站在船头

　　　　刷着Chord哼着没人知道的歌

　　　　航路上谁又在乎过方向

　　　　总会发现属于自己的太阳

　　　　别羡慕最闪亮的那颗星

　　　　你有你自己耀眼的光芒

　　　　冬瓜奶茶和傍晚的木吉他

　　　　一首歌送给青春也够了吧

　　我喝着我的芦笋汁，假装是她的冬瓜奶茶，假装那首她送给她自己的青春的歌也是送给我的。

　　一首歌送给青春也够了吧。

　　健康美丽是阿斯巴拉、厄斯。

之七

　　我们越来越像室友了。看一本书上写孩子让父母"赏味"期限到十五岁，小女儿刚过十四岁生日，我倒是不信这十五大限，但是我们真的越来越像室友了。

　　她们是我认识最忙的初中生和高中生。怎么会这么忙呢？现在连周末要找到三人一齐吃顿饭都得先询问再预约，比大官大老板还难；小的这暑假还愿意跟我去旅行，大的则明讲没门；《哈利·波特》第六部电影，连小的都先"聘"，如果要看第二次才考虑我，我可是从第一集就跟她们霍格沃茨同学的啊，怎么说甩就甩？而且第六部预告说是演妙丽她们几个初恋加初吻啊，老爸一起看会死喔？她老妈隔一两个月从上海回来一次还跟她们亲亲密密逛百货公司一整天买女生用品，摆明不许我跟。上周末姐妹俩出门前讨论穿什么裙子，我刚想说那条连身牛仔裙不挺好吗？话才吐出几个字还没成句，小的就说"没你的事"，弄了半天还没解决，我才想帮忙，小的又射来一箭"别吵"，老爸差点噎死在门口。惟纯早就警告我要做Sugar Daddy的准备，我不信多年，但没事就换一堆零钱堆在桌角让她们自己拿，就是不喜欢看她们找我要零用钱时笑得甜甜的迷死人，但天老爷知道有个念头在我脑里转了千百遍，等我老了她们走远了，我会倾我所有就想再换一次她们呵呵的笑声，就是昨天晚上我已就寝在床上听到的她们姐妹看《康熙来了》发出的笑声。

啊！这是什么老爸的心声。

陈浩

台湾资深媒体人，文字清畅，笔下细腻多情，
著有《一二三，到台湾》《女儿的台湾，父亲的大陆》等。

梦中见

张维中 / 文

我经常梦见许多人，大部分是一直出现在我周边生活里的，像是我老妈、我姐、外甥女、朋友、老师（有时候老师缺席，老师的家人上场）或同事。当然也偶尔会梦到一些是他们根本不认识我的人，比如说我崇拜的偶像明星，还有我一点也不崇拜，但不知道为什么会梦见的总统。无论认识或不认识，在梦里，我好像跟大家都很熟稔。

我梦见许多人，但奇怪的是，我几乎没梦见过我老爸。

直到他过世以后的这两个多月，他忽然间常出现在我的梦里。

我的梦境放映厅只有一个，我老爸出现的频率像是这档戏下了马上又有新戏要上那样，可以说是非常热门。

我爸第一次出现在我的梦里，是在他五月底端午节昏迷以后，到七月初过世以前，某一个六月的深夜。

那一次是我梦见他如常地从轮椅上，经由外佣的帮忙，被抱到自用车的后座上，好像全家人正准备出门要去哪里。他从车窗里对我招了招手，唤我的名字，不是很客气的口吻。好像是哪里不太满意、准备向人抱怨的感觉。

罹患帕金森氏症的他自从有一年摔倒伤了脊椎以后，本来就因为大脑神经受损而行动不便，后来只能靠轮椅行动。搭车时，自己没办法上车，必须倚赖别人抱上车的状况，是我对他晚年的生活中，熟悉的画面之一。

而所谓熟悉的画面，意思就是这个梦的切片不是新的。

我能很清楚地感觉到，这个梦只是过去的某一段记忆被重播而已。

把梦分成旧的或新的，听起来似乎有点奇怪。毕竟所谓的梦，几乎都是没发生过的情节，即使是发生过的，也多半是经由现实生活的经验而改造的，怎么能去分新的或是旧的呢？

可是，这个梦里的老爸，我很清楚地知道，那不是现在进行式的他，是往昔那个还没有昏迷以前的他。

从东京回台北帮老爸做头七到满七、举办告别式到入塔的这段时间，几乎每一天，家里都在处理老爸过世后的相关事宜，可是，我却没有再梦见过他。

直到我回日本以后，有一天，他再度出现在我梦里了。

这一次的梦，在我对时间的感受性上，很确定不是重播的情节。是在他过世的这个时间点之后，跟现实有所互动的一段梦境。

我爸在退休前是在安全主管部门上班的。他对政治、地理和历史有兴趣，每天会花很多时间在看报看新闻上。我偶尔会问他一些相关的问题，不过，他老是会回答在我看来很奇怪的答案。不太正经的回答也常出现。可是，大概正因为都不是那么正式的回答，所以我才会想要问他吧。

上一次问他问题是什么时候的事情了呢？我完全想不起来。我甚至也无法确切地记得，是从哪一天开始，他不再看报看新闻了。

外面的世界于他而言，像是被一个躲过时间检测的圆规给静悄悄地划分出去了。圆的直径随着他的病情恶化而越缩越小，有时看着他被无声无息地蚕食着，有时是事后才发现被激烈地咬掉一大块。他在直径里求生，逐渐变得不言不语、表情凝结。脑子里思考的东西，到身体表达出来之间的速度越来越慢。到最后框在他身上的那个圆的距离，只剩下从他的床到轮椅和饭厅之间。连上厕所也都是将移动马桶推进他的房里。

我爸第三次出现在我的梦里是前几天的事。

这次，他以一种前所未有的形象登场。梦里的他缩小了，好像是被哆啦A梦的缩小灯给缩小似的，变成一个尺寸很小的人。

我爸因为帕金森氏症病情影响脑神经，偶尔会无法控制情绪，乱发脾气，像个小孩一样无理取闹。如今这个在梦里缩小的他也还是这样。不过，因为整个人缩小了，发起脾气来的威力也减小不少。家里的我们也就顺势像是哄小婴儿那样，顺着他的要求一会儿将他搬到客厅沙发，一会儿搬到饭厅餐桌前，又一会儿搬回房间。梦里的我们一点也不觉得他烦，反而觉得缩小的他发起脾气来，竟然有点喜感。不知道为何，梦境里甚至流动起一种哈利·波特那种奇幻故事的气氛。

毕竟比起过去在现实生活里，要帮忙他移动位置的情形，这梦里的状况实在不算什么。从前在现实生活里的他，因为自己无法出力，移动时全得靠帮佣或家人来抬，经常是一件大工程。往往好不容易将他移动到他想去的位置时，躺没有多久，他又觉得不舒服，要求移动到另外一个地方。

如果可以的话，我还想问问我爸，他对这些梦境有什么看法？我想应该也会是些奇怪的答案。

不过，在他过世的前一两年，他倒是偶尔会跟我讲他做过的梦。

好几次他讲述那些梦境时，都是在医院里。在他因为感染或要检查身体而住院时，仿佛总在那个状态中，他特别多梦。

帕金森氏症病情影响脑神经，但不是失智症，大部分的时候他是很清楚的，会很认真地执着要做的某一件事情。而对于他要的东西，你无法插科打诨瞒过他。不过，病情到了末期时，他偶尔开始出现轻微的幻觉。每到了这时候，我常想要拿起笔记本记录他说的话。因为总觉得写小说的那个人不是我，是他才对。

有一次，他讲了一个相当具有悬疑感的恐怖片。是他住的这间医院发生了火灾，他跟我们家帮佣在漆黑的医院中逃生的过程。最后的场景是在医院的地下室，有个像是机场提领行李的转盘，许多人都被绑着，在上面转啊转的。所幸，最终他靠着他的机智而成功脱困，还解救了许多的病人。

勾起我兴趣的部分其实不在于这个故事，而是在于，当我的家人们陆续来到病房探望他时，他跟每个人重新讲述梦境时，都会是一个新的版本。比如，多出一段之前没讲过的细节，或多出一个重要人物。也就是说，每个大老远来看他的人，都可以获得一段专属的故事。能说他不是个非常贴心的病人吗？

还有一次，他不是说他做了什么梦，但讲出来的话，却像是梦境。

他指着窗外，远方的山，对我说："那边是猫空缆车啊。"

"哪里来的猫空缆车？这里是荣总耶。"我望着窗外冷静地说。

"怎么没有？山上那里啊，明明有缆车。你看不到？"他坚持。

我终于看到了。他把山上的高压电电塔以及电塔之间的电线，看成是缆车。

我试图解释了几次，他还是似懂非懂的，觉得那应该就是猫空缆车。

那一刻，其实你也搞不太清楚他究竟是幻觉还是故意开玩笑的。因为他一直以来差不多也是会这样无厘头地乱讲话。我可能还比他严重一点呢。

那一天，梦到我老爸缩小的那个清晨，我如常在通勤的山手线电车上前往原宿车站。

每天早上，东京山手线都拥挤得不得了，每个挤上车的人都只能有一方窄小的立足之地，不得动弹，就连想要换个站姿都不行。

我爸应该从来没见识过这么拥挤的电车。不知道他会对这场面发表什么看法呢？

不过，缩小的老爸，那个如今住在骨灰坛里的他，应该没有这种困扰了。

他也不会再受到病痛的折磨而行动困难了吧。所以，才可以这样自由来去，频繁地进入我的梦中。而且，现在他还不用搭飞机，就可以倏地飞来东京。他是个总不会轻易放弃他应有权利的人，所以肯定会这么做的。

我想起在告别式后完成火化的那个下午，我和姐姐们看着工作人员推出他的骨骸，然后每个人执起筷子，象征性地捡一块脚的骨头放进骨灰坛中。

"放进去的时候，要喊爸爸的名字，要爸爸住新家喔！"

一旁的师父嘱咐我们。

真难想象不久以前，我们才在隔壁火葬室的大厅外，隔着好一段距离，对着里面的我爸喊着："爸爸，快跑喔，火来了！"然后落下泪，看着工作人员按下按钮，将棺木缓缓升起推进火炉里。而一个多小时以后，老爸这个形体就再也不存在，变成了我们筷子中的模样。

象征性的捡骨仪式以后，接下来就是静静地看着殡仪馆的工作人员，很仔细地拿着工具，将我爸的骨灰一堆堆铲起来，放进骨灰坛中，最后封罐。

骨灰坛比我想象中重许多。即使有一个袋子让我挂在脖子上，当我捧在胸前时仍不免觉得沉重。

这是我第一次捧起他来吧，像个婴孩一样，靠在自己的胸口。

时光不可能倒流，所以身为子女的我们，能够将父母像个婴孩一样地捧在双手上，恐怕也就只有这个时候了。

三十年前，当我爸第一次捧起刚出世的我时，究竟是什么心情呢？是不是也比想象中的来得重？我从没有问过他。

如果下次他飞来东京的我的梦境里时，我想，我会问一问他的。

不过，他最好是会有够特别的回答，那我才要问。

张维中

台湾作家，曾任出版企划编辑，著有《501，红标男孩》《岸上的心》等。

余光

童伟格 / 文

一辈子那么久，我祖母被安放在一间充满橱柜的房间里。房里的五斗柜、大衣橱、床头柜和许多说不出名字的家具，在她长大后，看上去变小变轻了，却收纳了她一生所有剩余：五组床单，十罐花露水，一包又一包用日历纸包好的私藏点心，凡此种种。抽屉里的一切，在那间房里，糅合成一种香气，线索一般系在我祖母的脚踝，她走到哪里，就拖曳着那香气到哪里。所以，无论她在哪，我都会从她的房间开始寻找她。在与她共度的那个夏天里，我对她最深刻的印象，是每天清早，忙过家事后，她必会坐在门口，望着庭埕，随光影折散，一个人温吞吞进入沉静里。她微湿的双手轻举，挪移着，像正弹奏着钢琴。时常，我会找到她，和她一起发呆，各自将世界瞧得喑哑了。

无人知晓的是，每逢周四，我会陪她拖曳着房间出门，搭公车，去港区的署立医院和医师咨谈。那感觉挺愉快，因为往往一进医院大厅，祖母就自在而活络了。她会牵起我，领我乘老式电梯上楼，然后我们就一起坐在诊间外的长廊上等候，大概从上午九点等到近中午十二点。等候之时，祖母会和长廊上的人攀谈，理性而温柔，用她自己最希望的方式说话。包括医师，她总和在医院遇到的人们聊得极好，总令在一旁听看的我，仿佛身处她的记忆中，过往的大港里那些深藏在僻静巷弄、骑楼之上的家常小诊所：医生娘随时就要提着菜篮进门，对候诊室里的人们和煦微笑；从窄仄的窗可望见海的剪影；孩子们将温度计静静夹在腋下；医生桌上，压舌棒浸在半满的烧杯里。总之，事物都有一定的位置，来的人都会受到照料，离开的人都将康复。

那时，当我从她的脚踝回望，后见之明一样，我仿佛变得比较熟识她了。我总猜想，在远远的那间房里，也许，远在青春期之前的孩提时代，她就开始准备着，要和一个什么人白头偕老。她梦想着这样平和的幸福，盼望时间能允许她，任她就这样老去，比记忆中的任何人都还要老。倘若真能和一个人长寿以终，她将不会怀疑那是命运的赐福，但她会谦卑地感伤，她会想：因为似乎，赐福总是交托给像她这般不适当的人，才让"命运"这样的字眼，显得永远可疑。

可能，她会以为，命运交托我祖父，给在那间房里的她。起先，他教养她，管训她；最后，他成为她的病人，那唯一一个终生留在她身边，不离开她的婴孩。在那间房里，像安宁病房里的两室友，她和他长久相处，和好而平静地，让彼此成为各自唯一一次生命的谐拟。当他在她身边躺下，她会感觉多年来积存于心、无以对人说明的忧患，或身体里刚刚坏死的细胞，正一点一点掏空他，于是他轻盈得多么像是要被身上的薄被包裹，一把提走了似的。没关系，她想，在床板底下，有一口又一口沉重的瓮，那是她为他们保存的食物：酒糟肉、咸菜、腌渍萝卜。很适合他远行时携带，她寡居时独食，或者，作他们在天荒地老长相厮守时的食粮。时间让在与不在一起失去分别，或统摄了两者：不是伴侣的逝去或走离，而是时间本身，单纯地让每个人终成鳏寡。

当她拉开窗帘，让山村的太阳透进房里，看微小的尘埃，弥漫在低抑的光线里，她可以木讷而无声地与不在房里的他对坐，而不会不时被时间庞大的顿挫给震颤。因为，就这么单纯：她嫁给了他，与他用仿佛借来的衣物、锅碗，身体，在那些橱柜的环伺下，演练着一种人称婚姻生活的东西。也许，是在一切的细微与无足轻重里，她放牧自己在他身边，渐渐老成一位意料之中的慈蔼妇人：那种自己的孩子最晚在青春期，就明白她的人生经验对他全然无效，孩子的孩子最早从儿童期起，就自然疏远了的慈蔼妇人。即便是，或特别是在可能曾有过的、爱情最浓烈的时日，她仍会幻想：她的配偶将早她三十年死去，而那大约就是他们婚姻的全长。她于是被应许，度过最与世无争的人生，独自在高寿中慢慢变得痴傻。对某些特定的往事，回忆得越来越清晰，却越来越腼腆地看待。看自己努力练就的温婉言行，随时间复返，变得像是自己天性的一部分。然后，她就要看穿自己在世间的最后一场睡眠，像看透一出永远排练不好的夜戏，预见自己的死亡。那时，她将仍平静闭眼，仿佛只是坐在澡盆里，游回一面过于深广的海洋。

因此，每夜每夜，当他仍在她身边，将他们的房间平躺得一如安宁病房，她感到惊讶、羞怯、快乐以及悲伤。仿佛墙面都洁白了，而夜雾里的空气正一点一点地过于清冷。仿佛门外，医师与护士的便鞋，正敲在光滑的地板上，一声一声过于规律而健忘。失眠的夜，当整个房间被细雨中的熹微给洗亮，婚姻里一切器物的边角，都仿佛发散虹霓，那总奇特地，给她一种温暖的错觉。当他们度过对彼此说的每句话都不能免于诉说得太多的磨合时日，她无言，倾听熟睡的他，喃喃起偏远的话语。那是梦呓，也是各处异乡的混合语。那像来自隔壁房间的声音，即临却又带有隔阂。

她倾听，试图捕捉一些耳熟的词汇，想象过往如何存在于对她而言意义的空洞里。她发现他正困在一个人们称作身体的躯壳里，而这个躯壳正在床上持续萎缩，慢慢将他捆成婴儿般大小。她看望四周，想象年老就是这样的：你的灵魂蜗居其中，格外容易知觉屋里什么是新修缮的，什么是旧模样的。你的灵魂有时快乐、有时沮丧，有时甚至回到青春的激情与躁热中，然而，这一切都不会被人瞧见。对路过的人而言，你始终就是间旧房子，静静覆盖着时间的尘埃。有时，当你也像个路人那样去回看自己，你会发现，如果七十岁、八十岁，跟九十岁、一百岁没有差别，那么，一个人若是老到某种程度，应该就永远也不会死了吧。因为死亡是件极其年轻的事，而那个人，不小心错过了。

祖母靠近我，观察我，轻抚我的脸颊，在我额上轻轻敲敲叩叩。那连串无意义的动作，不知为何总能使我平静下来。我不知道在那温和的注视中，祖母究竟都从我脸上看见些什么。只是，我猜想，基于对孙辈的厚爱，我在祖母心中，大概总显得比实际灵光许多。因为这样的宽容，那一整个夏天，我得以安放自己在她身边。在她的注视下，我身上换穿过一整代人儿时的衣物，那是她特地从衣柜底翻拣出来的。那些衣物初穿上身时，我整日闻到香茅油的强烈气味，鼻子因此而瘙痒，接触袖口的皮肤开始长出细小的红疹。但当我换下这些衣物，由她洗过、在风里晾过，再穿回我身上时，它们变得格外好闻，像藻绿色的阳光。像是我自己，也和祖母一样，每日被静静淘洗了一遍。

其实，我有许多问题想问她，像她对医师，或医师对病人。只是，她不是医师，我亦打心底不觉得，她是自己以为是的病人。虽然她不会相信，而多年以后我也无法自信地这般宣称了，但当时我以为，从她身上，倘若我真的学得了什么类似医嘱的东西，那应该是：我想努力成为一个像她这样的正常人。多年以来，醒时睡时，我总想着要如何告诉祖母：在她身边，静看微风穿越庭埕，整座山村被系在她的晒衣竿上，在新的一日里轻轻飘动。那很奇妙，是我这辈子最快乐的时候了。

童伟格

台湾作家，曾获联合报文学奖短篇小说大奖、
台湾文学奖图书类长篇小说金典奖等，著有《童话故事》《无伤时代》等。

任意门

张雍 / 文

　　还是不敢相信，又回到了台北，也许是实在不习惯飞机上的睡眠，又真的像是刚从一场很长，消耗许多精力的梦中惊醒，额头上还渗着汗水，洗完脸走出浴室，透过窗户望出去，看不见我布拉格公寓中庭院里总是身穿小碎花纹家居连身服在喂食鸽子的捷克老奶奶，反而是那栋以闪光点缀，我还没有机会进去过的台北一〇一大楼……睡眼惺忪，算算时间，从买好机票，在布拉格家中匆匆打包，抵达台北，不过是过去七十二小时之内发生的事情，好像误打误撞在某个小巷子的转角尽头打开一扇小叮当漫画里的任意门，"咻"的一声，就这样从布拉格回到了台北。

　　偶然的际遇，精品品牌香奈儿把我从布拉格邀请回台北，替他们进行一个特别的摄影计划，原本短期内没有计划回来，更以为这次会打破自己每两年才回家一趟的纪录，确实是偶然的机缘，刚好确定回来的几天前，爸爸动了一次心导管的手术，所幸没有大碍，香奈儿的邀请很巧地除了让我有机会替他们执行这个有意思的拍摄案，更让我能顺道拜访心里总是挂念的家人。

　　回台北的计划我始终守口如瓶，在每个周末与妈妈Skype上的对谈除了关心爸爸手术后复原情况，我也强忍住内心的激动，对于极可能成行的台北之旅我也只字未提，还要求弟弟一定要守口如瓶，别破坏我接下来所准备的惊喜。一回到台北，就收到要与客户开会的讯息，人坐在计程车上，以观光客的心情，仔细地打量这睽违两年多没见到的家乡城市风景，一整天密集的会议之后，赶忙带了一束康乃馨驱车赶回家里，路上计程车司机兴奋地告诉我这两年我原本住的那一带新建的运动公园有多美丽，我有一声没一声地回应，说实话一个字也没听进去，迫不及待地想着几分钟过后即将见到心爱的家人，会是什么样的一个情景……社区大门口的警卫头上明显多了许多白头发，还搞不清楚到底我是访客还是我那个正在马祖当兵的弟弟，电梯里加装的感应器，不是住户还上不去，瞥见还停在信箱旁我大学时代偶尔会骑的脚踏车，才突然有一点好像回到家的感觉。按了几声电铃，打开门是妈妈一脸错愕然后接着格外惊喜的神情，那个温暖的拥抱，我等了足足两年有余，妈妈眼角渗出泪水，开心地笑着说道："你这是搞什么鬼?！"身后刚动完手术的爸爸也笑了，还显得有些虚弱，我真的回到家了……

　　如果每个小巷子的尽头都有一扇这样的任意门，我一定会勤于走路。

　　曾听过一个印第安人关于旅行的古老传说——在火车轮船这样的现代大众运输工具问世之前，古时候人类前往远方旅行的方式不外乎步行或马车，通常一趟到远方的旅行在出发与到达目的地之间至少得花上数星期、个把月甚或一年的时间，当时的人们也习惯那样的速度，那种边走边看的移动方式。当现代大众交通工具普及之后，城市与国家之间的距离被戏剧性地缩短了，抵达目的地的时间也从未像现在这般快速。印第安人相信这种进步科技的旅行方式并不人性——虽然旅行的速度加快，真的"咻"地一下旅客便从原本所在的城市马上抵达目的地。虽然旅人已经到达，但灵魂才从方才出发的地方，还是以最原始的方式，不成比例的速率，缓慢地朝目的地前进，通常比那个人晚几天才会到达……

　　站在捷运台北车站月台上方的大厅，淡水线与南港线交错的区域中央，赶着回家的人潮从四面八方蹿出，步伐是那样急促，仿佛捷运站的地面温度高达一百摄氏度以上，多驻足一秒就会被烫伤的感觉。又好像置身在探索频道深海奇观那样节目的场景里，一大群在深蓝色海洋深处，随着洋流一大群突然游向左边，另一群又猛然游向右边那样快速移动的鱼群之间，感觉很新鲜，因为在探索的节目里，首先，你听不到鱼群们彼此之间对话的内容，你也闻不到它们身上的味道，就算是戴着3D立体眼镜观赏，也不会比这样驻足在捷运站正中央，与赶车的乘客肩并肩，不时有人从后方撞上来的真实……我乐此不疲，是这次回到台北所发现的新乐趣。所有的大城市好像都是这样，人们从这个地方急急忙忙地赶到下一个地方，每个人的表情都是那样凝重且严肃，似乎在忙一件地球上最重要的事情，但好像又不完全是……看着人来人往，暗自想着自己还在路上正赶着与我会合的灵魂，不知道他到底到了没有……

　　与许久未见的老朋友们聊天，当中有些人正在准备履历表，计划找新的工作。关于人脉的讨论，让整桌人显得慷慨激昂，我没有太多的参与，眼神游移到隔壁桌面店老板十二三岁左右、戴着黑框眼镜、十分有耐性的大儿子，正在教胖嘟嘟的弟弟九九乘法表的画面。好一幅美丽的景象，显得有点凌乱的餐桌上除了一桶免洗筷以及供客人使用的餐巾纸之外，正中央还躺了一只小白狗，眯着眼睛就那样安稳地睡在桌子的正中央。"五乘以七是多少？二十七可以除以八十五吗？欸，你专心一点好不好……九点半了喔！"戴着黑框眼镜的哥哥认真地说道。我看得出神，突然想到我最喜欢的波兰诗人维斯瓦娃·辛波丝卡一首关于履历表的短诗：

　　　　所有的爱情只有婚姻可提，

　　　　所有的子女只有出生的可填。

　　　　认识你的人比你认识的人重要。

旅行要出了国才算。

会员资格，原因免填。

光荣记录，不问手段。

填填写写，仿佛从未和自己交谈过，

永远和自己只有一臂之隔。

悄悄略去你的狗，猫，鸟，

灰尘满布的纪念品，朋友，和梦。

　　的确，人们从来不会把谁是自己最心爱、最在乎的人，写在履历表上，你的梦想，也不应该在履历表里提及，看的人想要知道你有哪些头衔，得过哪些奖项，但是如何得到，过程有多辛苦，并不重要……

　　身旁的好友们在小酌几杯之后，对于人脉及履历表的讨论意犹未尽，提议去KTV唱歌，我先行告退。到家之后父母已睡，被家人戏称为老太婆的九岁狗狗兴奋地发现我回来，雀跃地摇着尾巴，想跳但好像又跳不太起来。洗完脸走出浴室，站在爸妈的房门边望着两人早已熟睡的身影，忘了就那样在一旁站了到底有多久——梳妆台旁微弱的台灯下放了一张我和弟弟小时候的照片，那的确是这辈子最胖的时候。另外一张是爸妈很久很久以前去泰国旅游时，坐在大象背上开心地对着镜头微笑的照片。看着两人熟睡的身影，想着三年多前妈妈刚动完妇科手术，那时在布拉格忙到无法抽身的自己，一旁早该戒烟、心脏里几天前才多了两支导管的老爸……我珍惜我所拥有的一切，不经意地回过头瞄了一眼身后那扇若隐若现的任意门，伸出手轻巧地在门缝上留下一道空隙，门发出嘎嘎的声响，爸妈还是睡得很香甜。

好希望这道任意门一直就这样开着，永远都不会有关上的一天……

张雍

摄影师，长期以深度人文故事为创作主轴，曾获三届"斯洛文尼亚新闻摄影奖"报道摄影首奖。

尿片战争

许裕全 / 文

父亲打死不穿尿片的第一个理由是：他不是孩子。

铿锵似铁，牵强却又让我无从辩驳。羞愧如我，好比蛮横地要求一个成年人吮吸奶嘴止馋解饥一样不可理喻。当然，六十八岁的父亲有其不动摇的个人立场，一只倔强臃肿的老摩羯，倨傲固执，绝不妥协。

而我开始感到后悔，在阒黯的房间突然回想当时医生若不把他身上的导尿管给拔除，或许此刻我能偷得一夜好眠，便无须放任眼前咱们这对恶父恶子谁更有勇气把对方的耐性推入悬崖断谷。

然而这真的是一个残酷的过程，戳穿了我向来肤浅的医学常识。

我一直以为导尿管是一个类似附置漏斗状的透明塑料容器，稳稳套住父亲的生殖器，像个迷你口罩把积囤在膀胱的尿液盛住，然后顺着细导管排入尿袋。尿袋外画着长短齐整的蓝色线条刻度，2000毫升容量，约莫一支半大瓶装矿泉水，底下衔接一旋转开关阀，清干后尿袋可循环再用。

后来在父亲肺积水入院时才发现原来并不是这么一回事。

那时我站在病床外缘，从不停被掀开的间隔布往内窥探，赫然看到医生先在导管前端涂满润滑剂，然后直接地、粗暴地将它塞进父亲狭窄的O形尿道口径里，那种感觉就像要把一粒硕大的蘑菇塞入缩颈玻璃瓶口一样，如此强人所难、匪夷所思，几近骇人吞剑魔术。而当导管一寸一寸地被贪婪的阴茎所吞咽时，父亲嚎叫的分贝也随着飙高，着魔附疯似的挣扎把病床推撞得脱轨离位、吱嘎作响。医生护士一阵兵荒马乱，吆喝着发号施令，情况俨如进入降妖伏魔对峙的险境里，一众道深高人施展浑身解数，并连八卦七星阵发功念咒，急急如律令，竭力制伏发狂的阿诺德·施瓦辛格。

我在暴风圈外观望，感同身受男人切肤之痛，心生恐惧，背脊一阵寒凉，仿佛有一根铁冷的针在髓骨上下奔跑窜动，挑钩我脆弱敏感的神经线。一边臆度着当导管无情地刺探、蛇一般侵入父亲尽是海绵体柔软的幽深轸域时，所经之处，壁肉组织无不损破伤毁，泌泌而出的血液顿时成了超级润滑剂，为导管开路护送，直抵膀胱这座蓄水池为止。并且以此为攻略据点，驳接改道，截弯取直，把原先年老失修淤泥堵塞的窄仄河床，拓展为更宽阔的运河航道。

括约肌松弛，水闸门洞开，纵使尿急这等简单感受，父亲再也说不出口，拱手让出排尿的自主权。

数分钟过去，间隔布啷的一声被扯开，医生神情疲惫，裹一身大汗走出来。父亲不再躁动，像搁浅的鲸鱼躺在那里吁喘大气。事过境迁，想必这头张牙舞爪的兽魔已被贴符镇压了，从此天下太平，人间安宁？

我小心翼翼地靠拢，见渗透血水的尿液自导管追逐数圈后流到尿袋里，突然有一种即时疏浚并成功解救了一座濒临爆裂的水库的侥幸感慨。

父亲别过头，不愿与我有一丝眼神接触。

那缄默与眼角淌落的泪水掺杂了太多剔除了肉身疼痛以外，攸关男人尊严繁复难解的密码。是吧！我想，牵一发而动全身，更何况是一个男人多年来自以为傲的神秘基地，如今公然被一群怪手蹂躏而沦陷，真是情何以堪！宛若被封了死穴废了武功的父亲不再呼风唤雨、高壮伟岸，反而像一个返老还童的小孩，或者农场所有被阉割去势的猪崽一样，从此遗忘性别与天赋，只能在栏圈内安静地乞食、玩乐，痴肥长肉，循环生命的生灭……

父亲手上垂挂点滴，胯下延伸出一包尿袋，躺在那里像一条机器生产线，液体的输入与排放，可相比原料的投入与成品的产出，勤工的小护士像品管人员，一一把数据记录在报表里。那看似毫不起眼的两条塑料导管，轻易地就把父亲困兽般拴在病床上，一张白色病床一组病历编号，从此归他统一管辖。

一想到这，终究还是不忍。

于是我在他出院时便央求医生把导尿管从他身上拔除。医生虽然婉言相劝，父亲前列腺肿大影响了正常的排尿，这导尿管尚可留到下次复诊时再行拆换亦可。但我就是铁头，脑筋粗大，听不懂这句箴言背后隐藏着更大的警讯，却让我陷入痛苦的深海苦渊。

一入夜，父亲如泣如诉的叫唤自房里悠悠传来。我睡客厅，应声而起，迷糊惺忪以为天色既亮，跌跌撞撞踱到房里搀扶他如厕。父亲水肿未退，身体像个面团一样软绵绵的使不着力，于是这重量便全数转嫁到我身上，我憋气涨红着脸从背后把他熊抱起来，小步移到马桶前，立正站好，解开裤裆，让他自行对准洞口排射。

等了良久，我的双手开始颤抖难忍，父亲却好不辛苦的，挤出涓涓细细的珍珠数串，叮叮咚咚跌碎入马桶，发出清脆短促的银铃声，好像马桶里藏了一只会发声的可爱小玩具。一阵断续后又无以为继，时间停住，没了。我在背后听到他无有声响，抖动数下，抱他回房。

当我踅回客厅躺下，仿佛刚做完一套健身操，热乎乎的全身滚汗。犹未有睡意，一心想等待黎明破晓，眼角不经意扫过墙上的挂钟，天啊！我喊了一声，子夜一点，世界微微震动了一下，时间倏忽遁入绝望的冰河季。

那样的惊骇让我意识到这将是痛苦的开端。因为接着下来，父亲的哀号魔音如石英嘀嗒的频率在间隔两小时里回荡在漆黑的客厅中，然后变成锐利的电钻凿穿我的耳膜，催魂夺命地把我从睡眠中揪出来。三点——五点——七点，像上紧发条的闹钟准确报时：起床，是时候尿尿了！

头重脚轻的我飘移到房间，再机械式地把父亲抱起——架进厕所——校正姿势——排放。我在他背后默数一二三四……他在前面神经紧绷持械奋斗，一般都在三十上下，有时宽容数到六十，抖动，完毕，缴械回库。更多时候是，数到连自己都忘了，水滴石穿，两人一体杵在那里动也不动，站成了天荒地老的人形钟乳石，定格在时间永恒的轨迹里，直到下一串大小珠玉坠入水中的声音再度把我惊醒，恍惚缥缈，像是做了一场漫长的梦。

然而午夜起身的次数多了便开始产生错觉。

错觉夜里我并非被魔音所召唤，而是近乎梦游者的姿态完成了这一切，无有对话，软绵绵的父亲像个玩偶被我依照既定的方程式搬动移走再归位。又或者，错觉这些尿液并不是父亲自行排放，而是我使尽了力量从他身体上上下下，一滴一滴挤出来的。甚至，我为了偷得下一段醋甜的睡眠，动作粗霸鲁莽地把父亲当成一件衣服，拧了又拧，非得从他身上再挤出多一些水分不可，直到父亲痛苦喊叫才惊觉用力过度。

日久有功，我的表情愈加残败扭曲，尤其费神折腾了一夜，我估算过，所累积下来的尿量，仅茶杯数只而已，远远不及我焖烧了许久，即将引爆的满腔怨气。

战火于焉开打。

我们各自在身上武装了弹药就往对方冲撞过去，以最近距离的肉搏战，把宁静的夜撕破，焚烧成残垣败瓦、烟硝废墟。

"这一点点尿量难道你就不能忍一下？再这样下去，机器人都被你操死，你知不知道？"（我向父亲连投了几枚手榴弹，轰轰轰！）

"我不是没有尿，而是放不出。你还没老，你不明白有尿放不出的感受。"（父亲持M16冲锋枪嗒嗒嗒向我扫射。）

"穿尿片不就好了吗？哪有人半夜小便这么多次的？"（我再扛起火箭炮瞄准父亲的胸口，炸出一朵喷血的花。）

时间静止了。

冲突的最后，往往是无限委屈的父亲，抽搐着说谁该让谁结束生命时无疾而终。

漫漫长夜，所有人都沉醉梦乡。地球上醒着的两个孤独又可怜的男人，却在如斯美好的星夜，再一次把自己与对方逼退到断谷悬崖，只差一步便粉身碎骨了。

我弃械投降，无力跌坐床边，微瞑中见父亲窸窸窣窣地脱下裤子，用被单的一角盖住脸说，好，我穿尿片，你满意了？

岂止呢！我像是成功攻克了一座滩头堡般兴奋，遂帮他抬臀、翻身、扑粉，温柔地为老小孩包上第一片纸尿片，并以一夜好眠作为我逆转胜的优渥酬赏。

幸福是无味的，然而，灾难亦是。

捻熄了烟硝与战火的翌日，我听到了父亲打死不穿尿片的第二个理由：躺在床上放不出来，这与尿失禁无异。

于是一整夜囤积的尿量无法排出，他就这样宁可提吊着肿胀的前列腺与爆缸的膀胱枯坐床上憋到天亮，也不愿叫唤我一声，像是对应我无声的惩罚。

当我为他解下依然干净的尿片，抱着他站在马桶前时，不禁叹息，那是一种什么样的韧性啊！终究咀嚼出战争的真实况味，原来这场对决无关体型能力策略，而是比谁更无情。显然，我被打败了，无形的裁判高举父亲的手宣布卫冕，隐隐中我还听见他无声的讪笑。

预约复诊的日期未到，父亲却因心脏病再度入院急救。

那时父亲已经昏迷，臃肿的身体依然面团般在担架上摇摇摆摆，滚动如浪的节奏。医生为他装置导尿管，他不再挣扎，不再变成愤怒的绿巨人拔山倒海。他像一处蛮荒的土地，温驯无声地接受怪手、铲泥机、推土机等一干重型机械在他身上进行另一场人工浚洪大工程。

事后我依然趋前俯身察看，此次随着导尿管戳进尿道流淌出来的，竟是浊黄浓稠的尿液，像公厕经年累月未曾清洗的污渍黑垢，不一瞬间便装满了尿袋，搅拌着层层的沉淀物，翻飞如雪花。

那是积累在体内多久的酝酿啊！我在想，以往每一个晚上每一段排放的每一小杯量，终也还是沧海中小小的一瓢。这冰山底下厚实的蕴藏就这样悬荡压迫父亲日常的每时每刻，难怪我发现，当父亲体腔内尿液被完全排出时，他脸部肌肉线条随之放松舒缓的快意。

再一次，我陷入怅惘与迷思。

突然想起曾有一次在厕所遇到一个长者解手后转身对我说，多么羡慕你有那么洪亮的排尿声，真大江啊！夸张地把尾音拉得又高又长，仿佛无限景仰。我听得一头雾水，那最自然不过的动作，何以如此珍贵？有时基于礼仪，还得千方百计做些琐碎动作或发出声音譬如歌唱吹口哨之类来掩盖它呢。现在却了然，陌生的长者与父亲多么相像。男人的难言之隐，也只能自己默默伫立在时间的长河上，缓缓地流。

后来，父亲的肾也相继衰竭，过着洗肾延命的苦日子。萎缩的肾像堵塞的漏斗，无从筛滤体液毒素，体液像个无人管教的小孩，在皮肉组织间穿行无阻，排尿量也随之减少，到最后连稀罕的一滴也挤不出了。

有天夜里，突然兴起穿尿片的冲动，便更衣换装，灌了大量的白开水，躺在床上细数时间痴等着尿汛来袭。慢慢地，憋尿的感觉隐隐浮上来，然而身体无论如何放松也都无法开闸泄洪，膀胱受压迫，尿道痉挛，感觉一股热流冲到门口了却被强行拦截下来，我虾蜷在床上翻滚冷汗直冒，终于还是放弃，直奔入厕所，扯下累赘的尿片，扶住墙角哗啦啦泄了一地。

也许有一天，当我真的够老，老到需要更长的时间，或每次再怎么抖动也无法清干膀胱的残余部队时，那我就能体会有尿却排不出的感受了。而这场战争，要等到我确实穿上尿片的那一刻，才算结束。

许裕全

马来西亚华裔作家，曾获梁实秋文学奖，花踪文学奖，台北文学奖及海鸥文学奖等。著有《父亲来电》等。

我、联副、人间与高信疆

痖弦 / 文

　　我在《联合报》副刊二十一年，编辑生活对我的影响，一直到今天好像还在延续着。风晨雨夕，当年的许多人与事，仍不时在我脑海中回荡，也的确是如此，特别是很多一起工作过的伙伴，甚至曾经"过招"的"敌报"友人，如今回想起来，都好像在同一条船上共过患难的亲人一般。因此，温哥华的子夜，当电话那头的高信疆太太柯元馨告诉我信疆往生的噩耗，我再也无法入眠，对着窗外的黑暗，眼泪一直不停地流。我心里说，信疆走了，为了台湾副刊事业跟我一起打拼的人走了，属于我们的时代是真正的结束了。诗人艾略特说，庞德与他相较是"更好的工作者"，而在我们的队伍中，信疆也是一只领头雁。他和我的关系是如此密切，是不打不相识的挚友。提起那一阶段的副刊，人们每每把他与我并提，还说我们两人有所谓的"瑜亮情结"，其实也不如外传的那么严重，总之后人评说，总难免把我们两个绑在一起。如果信疆成立了，我也就成立了；毋宁说，那段故事是他和我合写的。

我认识高信疆甚早，远在他就读台湾中国文化大学新闻系时，他就是我主编的《幼狮文艺》专访撰稿者。我们是河南同乡，他是新郑，我是南阳，他们高氏昆仲（信郑、信谭、信邓）都是我的好友。虽然我比信疆年长很多，但是我们两人最谈得来，情谊深厚，没有所谓代沟的问题。我一直以这位意气风发、才华洋溢、有守有为的小老弟为荣。

话要从一九七六年的夏天说起。《联合报》总编辑张作锦，当年也写诗，笔名金刀，是我的旧识。有一天他告诉杨牧，他很想请我去主编联副，不过他说有个困难，在大学我比他高一级，怎可让学长当部下呢？杨牧说，"文人副刊"主编向来有客卿的意味，这一点倒不必过虑。不过当杨牧向我转达金刀的这番意思时，我正准备去美国威斯康星大学进修，离岛手续都办好了，不宜更改，只好婉谢。对于联副这个具有文学重镇地位的报纸副刊，我是很愿意参与的，可惜时间不凑巧。金刀表示《联合报》愿意等我一年，期间由骆学良（马各）担任主编，等我学成归来。事情就这么敲定了。

一年后我结束进修打道回府。一出松山机场，就看到高信疆赫然出现，二话不说把我的行李提上他的车子。上了车，他开始发话了，说《中国时报》董事长余纪忠要他来接我，有意请我担任《人间副刊》主编，并说余先生现在就在办公室等。由于事出突然，我一时无法应变，就请信疆先载我回家再说。到家不久，门铃响了，余董事长亲自来访，恳切表达邀我去时报的意思，余先生说："我快七十岁的人了，从来没有像这样请一个人的。早就希望你到时报来，来了以后，你主持报社内部的工作，信疆主持外部的事务，你们俩是好朋友又是同乡，并肩作战，实在太理想了。"

接下来的半个月，信疆一直居间协调，希望能促成此事，并且开出优渥的待遇。记得最后一次到报社见余董事长时信疆也在场，余先生说他办公室隔壁就是报社的会议室，各单位主管都在，是临时召集的会议。只要我答应下来，进了这个门，这个会就变成特别为我开的欢迎会。当时的阵仗可以用"兵临城下"来形容，凭良心说，我那时几乎有点动摇了，不过忽然转念一想，在台北那么多年，每次见到余先生他总是称赞我《幼狮文艺》编得如何好，但从来没有邀我到他报馆工作，为什么听说我去《联合报》，才来抢人呢？这恐怕是报业竞争的关系吧，绝对不是我真的有那么大的价值。这么想着，心里轻松不少，我遂对余董事长说，他的这份知遇我将终生铭感，来日让我以别的方式报答吧！君子重然诺，《联合报》既然已经等了我一年，绝对不能失信。我并且对余先生说，信疆能顶半边天，应该由他继续来主持《人间副刊》。余先生没讲话，辞出后我对信疆说：《人间副刊》过去你编得那么精彩，余先生最赏识你，老马识途，你重新出山吧。你在"人间"我在"联副"，我们的情况就像罗马竞技场上两个决斗的武士，面对着全场万头攒动，如雷欢声，不管愿不愿意都得搏斗，而且要打个你死我活，观众才觉得够劲，过瘾。但是有一点老弟可别忘了，就是当我被你打倒的时候，你的剑不要真刺到我的身上，做个假动作刺在地上就好了。

我是一九七七年十月一日接编联副的，没多久，信疆果然重披战袍，再一次主持《人间副刊》。从此硝烟四起，龙战在野，我们两个难兄难弟就打将起来，打得天昏地暗，丢盔卸甲，不可开交，差点儿赔了我半条老命。不过尽管竞争"惨烈"，但是我们两个从来没有玩恼过，动作大，是故作夸张，目的是要引起读者的注意力和兴趣。之所以从来没有翻脸过，最主要的原因，是两个人对文化和文学的想法非常接近，期间并没有意识形态的对立。副刊编辑的策略虽然不同，但是要表达的主题内容常常具有很大的同质性，往往他要找的人也是我要找的，他要做的专辑也可能是我要做的，他重视五四时期的老作家及上海沦陷时期的张爱玲，他想借大量邀约海外作家的稿件，使台湾能成为世界华文文学的中心，以及他比较侧重台湾本土文学的建设和青年作家的培养等，都与我的观念不谋而合，我走的也是这样的路子。

由于想法的一致，我们两家的副刊，都没有参与当时已经掀起的乡土文学论战，因为我们认为乡土文学从来就不是问题，没有讨论的必要，真理越辩越明这话不错，但如果师出无名等于打一场乱仗，那会影响台湾文坛团结，造成族群的撕裂，事后证明我们的想法是对的。如果当时两家各有百余万销路的大报也参与论战，情况将不可收拾。

如果要说我和高信疆的作风有什么不同，那应该是做事的方法上，在个性上我温吞，他急进。新闻系出身的他，一切讲究速度，在他的字典里，根本没"慢"这个字，攻击和冲刺是最重要的作为，与这样的对手周旋是够累的。我曾开玩笑，说高信疆有新闻记者的"劣根性"，时间因素第一，什么事都要快，乃是以抢新闻的态度来编副刊。他这个编法，逼得我不得不研究一套以柔克刚的办法来因应，当时有人分析我俩的战法，说他善攻我善守，事实上胜败乃兵家之常事，不管是攻是守，胜利总是属于失误最少的一方。

诗人余光中曾经笑说，痖弦和高信疆，每天早晨一定有一个人吃不下早饭。原因无他，这边还在组稿，怎么？对手已经整版推出了。长期对垒之下，使我养成随时保持警觉的习惯。国内外文坛不管大事小事，都得密切注意，举凡思潮的转变，作家的动向，都要在掌握之中，像诺贝尔文学奖的报道，更是要列入年度的重点工作，不容掉以轻心。由于编辑工作大到无边无际，编辑室常常整夜灯火通明，加班熬夜是家常便饭，有时关于战况的讨论、得失，甚至带到自己家里的晚饭桌上。不过无论怎样竞争，我始终相信并经常温习孔老夫子在《论语》中说的那几句话："君子无所争，必也射乎？揖让而升，下而饮，其争也君子！"我深信，报纸重要，友谊也重要。

信疆和我，一直都是孔老夫子箴言的遵循者。只有一次在一个座谈会上，我和信疆却差点吵了起来。我发言说，副刊选稿有其特定的诉求，最好根据广大读者的最大公约数来取舍稿件，而雅俗共赏是必要的。试举一例，如果詹姆斯·乔伊斯活在今天，把他的代表作《尤利西斯》长篇投向联副，我一定退稿，建议它改投《联合文学》，不是作品不好而是不适合。想不到信疆站起来驳斥我的意见，他说他有不同看法，一件作品只要有文学价值，再难懂也应该由副刊来登载，《尤利西斯》也不例外。散会时我问信疆，你真的相信《尤利西斯》适合副刊读者吗？他笑着说，他是看到场子里有人打瞌睡，才故意制造争议的话题。虽然他这样解嘲，但我想他那天是真的有点生气了才发飙、对我呛声的。总的说来，我们竞争的那些年，基本上彼此都信守了那个原则：剑不要刺在对方的身上，但偶尔擦枪走火，亦属难免。

退休后，汉宝德、叶维廉、何怀硕、董阳孜等人和我到印度去旅行，信疆也去了。旅途中有人看到我和他坐在一匹大象上有说有笑，就问，怎么，你们和好啦？事实上我和信疆从来没有不好过。名报人成舍我名言：办报的人没有成功的一天，只有一天的成功。每天早晨比报发现自己胜过对方，符合了社方"你无我有、你有我好"的工作要求，但是过了中午，眉头就皱了起来，明天怎么办？信疆和我先后退休后，记得有次和他聊天，他说他想了个点子："我们两家副刊能不能把当年重要战役列出十个来，彼此不商量，每一个战役各写一篇文章，然后编成一本书，那该多么有意思，说不定有卖点哩！"我说："好啊，恐怕读那本书就像读芥川小说《竹薮中》，彼此都有一套自己的说法，不会承认被对方击败。电脑时代，恐怕没有人有兴趣去找那一堆堆发黄的旧报纸了吧。"

刘再复有篇文章，题为《巴金的意义》。这里容我也根据和信疆交往多年，同为报纸副刊献身的一些感受和体验，说一说高信疆的意义。

高信疆是诗人，他用高上秦笔名发表的作品，具有一定的艺术高度。参与《龙族诗刊》时，他曾制作专辑，反思现代诗运动的得失，专辑中唐文标、关杰明的批判文章，引起诗坛很大的风波和争议，这说明信疆具有浓厚的社会运动家气质。主编《人间》后，他这种倾向更为显著，主要是他全力尝试改变传统文人副刊的体质，把文人副刊提升到报人副刊的层次。使副刊具有现代传播的新思维，譬如新闻性、现实性、时间感和速度感等，更以主动约稿、计划编辑等策略，扩大版面的容量，产生集中的效果。这是过去副刊所没有的。人们还记得二十世纪的二三十年代，《晨报副刊》主编孙伏园，人们尊称孙伏老。此公一袭唐装、宽袍大袖，仪态从容，在报馆是客卿、爷们，很少来办公，半个月晃到报社一次，稿子一发就是二十天，然后到莫干山避暑去了，那日子过得真是月白风清，这是老式文人副刊老编的派头。等到信疆一出，副刊编辑部的日子立刻变得月黑风高，选稿、组稿之外还要开座谈会，办学术会议，主持文艺营的训练，忙得没完没了，此时编辑的形象不像文人，倒像一个呼风唤雨的导演，一个满头大汗的节目主持人了。这种改变，都是信疆开的头，各报相继跟进，成为今日副刊的主调。

从文艺副刊发展到文化副刊，也是高信疆的尝试。在过去，副刊是小说家、散文家、诗人的天下，学者很少到副刊上来。高信疆一反过去的传统，邀请很多学者登场，特别为他们开辟专栏，营造一种文化评论的新气候，很多意见领袖因此诞生，众声喧哗，为广大的文化社会创造另一种沟通管道。他的这种做法，跟我可谓"英雄之见略同"，联副的"塔里塔外""啄木鸟专栏"也是为教授们预备的，不过我希望教授们尽量避免长篇大论，所谓"长话短说、雅话俗说、冷话热说"等等。这是极富建设性的一个发展。

过去台湾各家副刊是清汤挂面，每天的编法都差不多，版面变化不大，也很少使用插画。"高式副刊"却一反过去的做法，特别重视美术设计，原则上主编不画版，而由优秀的美术编辑以最高的审美观点设计版面，并搭配生动精美的插画，做大篇幅的呈现。这是一次革命性的改变。它对后来报纸的编风产生了很大的影响。记得当时为《人间》画插图的，是一脸络腮胡的林崇汉，他的插图作品，一时无两，我很敬佩。《人间副刊》版面革新飙到最高的时候，举办"版面设计大展"，每天请一位名画家来社亲自设计版面，当然，不见得每一种尝试都是成功的，但副刊的面貌大大不同了。我是编杂志出身，一向也重视版面的美感，信疆创出的新路我十分赞同，乃请来长发披肩的王明嘉到《联合报》主持美术工作，棋逢对手，端的是好戏连台，大家看得过瘾。

人间和联副都是采用单项约稿和广向征稿并重的方式来扩充稿源。不过两家的做法不同，我约稿方式是勤于写信，总觉得用雁往鸿来的传递方法才比较正式，有礼貌；高信疆的方式是大量地打电话给对方，当时的越洋电话极为昂贵，他的电话特别长，可以跟约稿的对象在电话上聊天，时间长得使对方"叫饶"，直说，电话太贵了，稿子我一定写就是了。如此凌厉的电话攻势，当然感动了许多人、交到不少朋友，也因此得到不少稀罕的稿子，大家都为他的诚意所感动。另外，他也常常对外访求人才，这些人他不一定认识，有时只读过他们一本书、一篇文章，就去登门拜访，延揽至报馆工作。这种方式是非常令人印象深刻的。人常说帮助、提拔人要来得早，邀孔明出山要是落在刘关张的后面，那就不稀罕了。人才像花，一个好的编辑人，不能一味拼命采花而不去种花，信疆种花的眼光、耐性与功夫，特别是采用的方式是非常特别的。当年他所培植出来的年轻人，很多都已成为今日文坛的中坚，而成为他一辈子的朋友，这些人跟台湾的文化（文学）建设，关系密不可分。而信疆功不可没。

人常说生不逢时，我却说生正逢时，我和信疆有幸参与了被人形容为报纸副刊的黄金时代，能够躬逢其盛，也真称得上缘分。当时的电子媒体并不像现代这么发达，网络还没有出现，基本上大家还是非常尊敬文字。在报纸副刊工作的人，虽然辛苦，但是却充满了干劲，一个个都像是冶金者，日夜披沙炼金，比赛着看谁的金子成色好。一件工作来了，大家脑力激荡，挖空心思想点子，每每选难度最大、挑战性最大的方式来做，在"没有最好，只有更好"的要求下，的确留下不少可贵的纪录。

高信疆常常使我想到美国的巴顿将军，这位富有英雄主义色彩还带点豪迈浪漫气质的典型军人，强调战争只有三个原则，大胆、大胆、大胆！他作起战来勇猛顽强，亲自驾着坦克上阵拼搏，这很像高信疆办报的作风。对于信疆来说，副刊就是他的坦克，只要有副刊编他就来劲，没有副刊编他就闷闷不乐。他甚至把副刊的功能提升到"副刊可以改变国民性"的高度，在副刊工作，他永无倦色，全力以赴，无怨无悔。只是，有时客观条件也未必能够完全配合他。我非常尊敬余纪忠先生，他和《联合报》创办人王惕吾先生，在新闻史上的地位毋庸置疑。但我必须说，余先生对于信疆的工作安排和调动，有些时候是有欠恰当的，是忽冷忽热的，无形中也造成了信疆心理上的一些挫折，这是新闻界文艺界很多朋友都有同感的。老实说我的编辑生活从文学刊物到文艺副刊长达四十年，从来没有看到一个像高信疆那么热爱工作的人，没有工作，等于要他的命。最近的十几年，他一直隐居海外，很少回台北，他就像一个失去战场的将军，给人以悲剧英雄的落寞感。他那踽踽独行的身影，想来真让人感到不忍。

这篇悼文，我不只是为信疆悲，也是为我自己悲。大环境变了，整个文化气候已经不适合信疆和我这样的人。我们就像恐龙一样，将逐渐在地球上消失。我哭信疆，也是哭我自己，更是哭我与他共同走过的时代。所幸今日的台湾副刊仍有后继者、传薪者，人才济济，他们自然有属于他们自己的挥洒的空间，但是属于我和信疆的时代，是一去不复返了。

痖弦

台湾著名诗人，本名王庆麟，河南南阳人，著有《深渊》等。

行走中看见希望和力量

第四章

4

人这一辈子，所受的苦不是苦，都不过是一块跳板。归零，再出发，不要着急给出答案。把焦点放在想要的未来、而不是失败的过去，你终能从痛苦中抽身、改变、成长。

• • •

无诗的女人

郭正伟 / 文

是怎么失去子宫的？她恍惚想不起来。

女人原本应该走进顶溪捷运站，坐上刚好的那班车，往市中心去。经过银行时得先汇笔钱，给在南部读书的大儿子买吉他；想考设计系的二儿子学画需要炭笔与水彩；在百货公司的超市买日常用品，以及晚餐的菜；刚获得钢琴优等的小女儿又吵着要换新铅笔盒。她偏着头，一一在心里细数。

丈夫呢，丈夫有开口说过自己需要什么吗？

捷运站门口，她看见那位妇人直跨马路而来，穿着便宜劣质的衣服，袖套上的粉色小碎花更是种时尚灾难。妇人也许跟自己的年纪差不多，品位却低俗太多。她反射性低头仔细检视今天出门的打扮——名牌出品、颜色淡雅、风格简约的运动服，茶色的太阳眼镜画龙点睛刚好遮掩住，她惯性无眠的黑眼圈。

主要吸引女人目光的其实并非服装，是妇人脸上兴高采烈的表情。三步两步自马路对面快行过来，与另外一位衣着品位差不多的妇人见面。浅薄的疏离感只短暂出现一下子，就被那些说不完、琐碎的话语，以及笑声给填满。

她们粗鲁说笑，一起弯进捷运站后的小街，离开她的视线。

女人心里涌起一股难解的惆怅，或者，更类似于嫉妒的心情。女人常常会记起，自己一自大学毕业，第一次相亲，就决定嫁给现在的丈夫。这是她的初恋，也是唯一的恋情。

对那年代来说，她已经算得上是高学历的。不懈怠地读书，不断地第一名，第一志愿的高中，前三志愿的大学。那样的年少，有时她会蓦然怔忪，无法理解自己过的究竟是谁的人生？女人经历、奋斗、努力的所有状态与生活，都是为了找到一个好男人结婚，平凡而美好地过日子。母亲这样教她，而她也确切相信，并且专注朝这个梦想前进。

只不过偶尔她也疑惑难解，自己那一路第一名，生活中冲锋陷阵、品学兼优的人生，跟现在，拿着厂长丈夫无日无夜加班给的生活费，提起名牌购物袋，为三个孩子课业焦虑的女人，有什么关联？

女人也跟着走进捷运站后的小街。复兴街小小的，近午的市场还没收摊，三三两两的人们在上头走，便显得更加逼仄。复杂气味沿巷弄蔓延开来，说不上好不好闻，跟惯常熟悉的百货公司地下街气味很不同，没有干净冷冽的空气，却多了草根性，大大咧咧地包含任何人的随意自在。她抬头看，两旁突出的遮雨矮檐跟童年时的房子长得差不多，七横八竖乱序排列，浅蓝色天空被切割成一片片，带了角度的方格。云朵在其上飘浮，像是摆在书店架上贩卖的风景明信片，一小张一小张，盯着，仿佛会吹起舒服的凉风。

市场、矮檐房屋、天空、人群，原来永和是长这样子的。女人已经在永和住了几乎一辈子，可是她从来不曾抬头看过，学生时代只顾低头看书，结婚后专注低头照料小孩。突然在这个狭窄迷你的街上，她才第一次看清楚家的形状。

来去的人们勾手、搭肩、说笑，女人继续走，迷惑却更深刻。

她也有朋友吗？除了孩子们的家教老师之外，还认识其他可以相约或电话的人吗？女人甚至连邻居都不太熟稔。她学生时代的同学们，现在都各自过怎样的生活？

女人唯一的，了解彼此的朋友，也许仅有自己丈夫也不一定。可是为了照顾三个小孩的学业，尤其是盯准备学测的二儿子读书，他们夫妻俩已经分房睡好一阵子了。说不上寂寞，每天在家里忙得团团转，她没有时间费心感受所谓的感受，偶尔的愁绪抵不过一张考得满江红的模拟考成绩，或孩子叛逆期一句尖酸刻薄的话语。

只有自己帮自己打针时，她才会想起生活中满是莫名其妙的哀伤与无力。她是一个更年期过后，因为卵巢病变而拿掉子宫，自己帮自己注射女性荷尔蒙的女人。她应该很软弱才对，让丈夫从此温柔对待，孩子们学会体贴，自动自发，一家和乐、平凡。只可惜，这些事情理所当然没有发生，而女人，仍旧得自己帮自己打针。

书店开在巷口转角的位置，女人经过的时候，铁门才正拉开。她注意到书店有个可爱的名字，"小小书房"。市场上的一家独立书店，说起来好像突兀得不切实际，却又单纯得很美好，像是邻居的一间开放书房，那距离也不过就是从自家门口走出来，左转至隔壁门口，敲敲门便能进去的亲切与舒适。

她一直在旁边等着，等书店女主人整理好店内，移动书架到适切位置，开了灯，弄好门面，才走进去。小小的书房里有一个小小的咖啡厅，女人坐下来点一杯特调奶茶，放下太阳眼镜后，才开始在书店里游晃。

除了四面墙上高大的书架之外，好几个矮小书柜排排列在房子的中央，像图书馆一样。这情景让女人记起大学时代，学校里那间迷你书店，几平方米不到的范围内摆满了文具、原文书、海报纸、影印机，当然还有学生们以及臭脸老板。想到这儿，女人不经意抬头瞧一瞧柜台边的女主人，她们对视，相互招呼微笑。嗯，至少这地方和气了点儿。

是那些手工制作又限量出品的诗集，才提醒女人想起，自己也写过诗的。

书店里满是独立文人自制的书籍、影片，或是音乐。她细细阅读这些诗集与诗人，周梦蝶、夏宇、余光中、骚夏，有些人认识，有些则不。曾经，女人满脑子里悬浮的也都是这些类似的字，迷人的字、可爱的字、伤人的字、惆怅的字。这些字句，认真解释了自己的年少生活。在课业与人际关系之外；在课堂下课与图书馆关门之后；在睡眼惺忪的夜，回家的最后一班公车上，她写诗。

那些诗写了什么？最后又流落到哪里去了？

写诗的她曾经预见过，有那么一天，长大的某一天，自己将莫名失去写诗的能力，对生活也不再感想，甚至分辨不出来平凡与无聊人生的差别吗？

女人的情绪明显激动起来，她隐隐愤怒，嫉妒这些能够不断书写生命与世界的诗人。除了不愁吃穿的生活外，她的一切，由内自外竟然空洞得乏善可陈，几近荒芜。原来，她已经是一个没有子宫、皮肤失去光泽、与丈夫分房、孩子叛逆，而且失去写诗能力的老女人。

女人撑住，试图不让自己因感慨而落下泪来。她心灰地坐回位置，陷在快要无可救药的哀怨里头。

猫正好跳过落地窗外的花圃，女人向外看，巷子被闪耀的阳光切割成两段，光与影的边缘，猫无声落在上头，轻巧优雅地于线上行走。在人群的脚下移动，一点儿也不受影响，尾巴翘得老高。她看得入迷，没见过如此骄傲又自顾自的家伙，简直目中无人却又漂亮得过分。

女人转换心情，想在杯垫上写些字，考虑了一会儿，不甚流畅，写下跟一只猫以及自己现状有关的句子，虽然还不懂，这两者间究竟有怎样的关系。写下来之后，是不是诗，好像就显得不那么重要了。

喝光茶，她选了几本有趣的诗集，期待重新找回阅读习惯的乐趣。结账时，书店女主人笑着介绍店里最近的写作班，以及免费塔罗牌算命的活动，邀请女人抽空参加，学习之外，也可以认识新朋友什么的。

女人笑着回应了。

走出巷弄，女人在捷运出口伫立好久，她好仔细、好仔细地欣赏四周，生怕错过一点儿轻微的细节，想将这个小城，这个她生活好久的地方，看个一清二楚。永和原来像一扇门，白天，人们从这里前往热闹的市中心工作、读书；到了晚上，打开这扇门，便又回到家里安心休息。她写在杯垫上的诗安放于袋子里，她的子宫孕育出三个小孩，她每天为自己的家烦恼与忙碌。

蓦然，她珍视起眼前一切的拥有，如写诗般的感触。

捷运列车上，女人忽然记起丈夫认真工作之后喜欢吃甜食的习惯，也许经过那间有名的甜甜圈专卖店时，该进去挑几个带回家给他。

她的诗，大约已经经由非字的诗句，写在生活的喜悦与哀伤之中，也说不定。

一路上，女人这么想着。

郭正伟

台湾作家。

秋水共长天一色

汉宝德 / 文

几年前，念念不忘的一件事就是去长江中游一带走一趟，总是阴差阳错，不能成行。二十年来我曾多次去大陆，若不是去内陆看风景、访文物，就是在沿海一带开会、演讲，只与华中一带无缘。

有位年轻朋友问我，为何一直念着华中，难道是为著名的曾侯乙墓与马王堆的文物吗？其实不是。这两大考古发掘对纪元前的楚文化固然十分重要，但其文物业经大量刊行出版，已耳熟能详，而且若干文物曾在香港、台湾展出，也都亲眼看过了。我一直放在心上的，是中国的中世纪文化，也就是由读书人主导下形成的中国主流文化所产生的地理背景。

我国的中古文化以我的认知，是自陶渊明开始的。他老先生宁愿弃官去享受田园的心灵生活，为后世的士人树立了典范。嗣后的十个世纪，读书人都以他的想法与做法为圭臬，所以受尊敬的文人都是陶渊明的翻版。而这些文人，以欣赏大自然的风光为志业，很多都是出入于长江中游的山川之中，因为这里是陶渊明的故乡。

可是陶渊明"采菊东篱下"的故居在哪里？他心目中的桃花源又在哪里？只有天知道。据说今天为了发展观光，长江中游一带，到处都争着陶渊明。可知伟大的文人生存在大家的想象之中。在上千年间，凡是大文学家留下诗句或字迹的地方，就被无限夸大，编造出一些史迹来，供后人凭吊。

那么，我既然知道古文人的遗迹多是想象出来的，为什么还要惦记着去看看呢？仔细想想，还不是因为我不是文人，而是建筑师，我很想看看在唐宋的文章中闻名天下的二楼一阁，是怎样启发了当年文人的想象，写出脍炙人口的文字，感动了千年来无数的读者，成为中国读书人心上永不磨灭的印记。

我小时候没有赶上念古书，可是老师希望我们读读《古文观止》，因此对于列在陶渊明的《归去来辞》后面的《滕王阁序》非常熟悉。这篇文章对于孩子们来说太深了一些，当时的我参不透王勃怀才不遇的感觉，对地理形势的描写也引不起我的共鸣，可是在我童年的心灵中，已经可以在老师的带领下，体会到"落霞与孤鹜齐飞，秋水共长天一色"的诗情画意。这两句诗真是千古绝唱。

宋代的大政治家，范仲淹，到了洞庭湖边的岳阳楼，为风景所感动，写下"上下天光，一碧万顷""长烟一空，皓月千里"的名句。听上去他与王勃虽站在不同的楼阁上，面对不同的水域，但其所见大自然风光的感怀是类似的，王勃是少年天才，无缘做官的叹息，对为国家所重用的范仲淹来说，就是"进亦忧，退亦忧"的感慨，因而唱出"先天下之忧而忧，后天下之乐而乐"的名言了。只是很难想象，美景当前，居然放不下政事，古代士人的胸怀天下的精神，实在太过分了。

另一座楼，是在武昌蛇山下临长江的黄鹤楼。它的名气由于一些唐宋诗人的颂赞，被后人称为"天下第一楼"，比起其他一楼一阁要知名得多了。也曾有宋代文人为它写过一篇《黄鹤楼记》，但大诗人李白的诗才是使它扬名于世的主要原因。李白为它写了好几首诗，其中《送孟浩然之广陵》写景抒情有"孤帆远影碧空尽，唯见长江天际流"，与王勃、范仲淹所写，自楼上远眺的心情虽不同，意境大体相近。但是黄鹤楼的诗句最有名的却是出自一位并不是非常有名的诗人崔颢之手，他的名句"黄鹤一去不复返，白云千载空悠悠"，不但传述了仙人乘鹤而去的神话，而且把人生无常、生离死别的情愫写得淋漓尽致。

这些文章与诗文的名句，使这三座楼阁的形象保留在文人墨客的心中近千年，而且成为画家凭空构思、图写楼阁的画题。

三十年前，为了追溯中国古建筑的源头，我开始注意唐、宋、元的界画。界画就是建筑画，因为描写得巨细靡遗，足可看出当时建筑的实况。我因而发现宋元期间有不少精致的建筑画，非明清以后的类似作品所可比拟。这些画中有不少是以滕王阁、岳阳楼为题者，因此使我对诗文与建筑想象之间产生了浓厚的兴趣。我研究这些界画，甚至影响了我在南园设计上的大方向，与其中南楼的造型。

界画中的建筑大多出于画家的想象，因此以"仙山楼阁"为题者多，常与三大楼阁混为一体。宋代的赵伯驹、元代的王振鹏都是个中能手。他们的建筑画与今天的工程图几乎没有多大差别，所以可以看出它的时代特色。当然了，这些楼阁的描述与明清建筑都是大异其趣的。他们的画是不是真实地反映了三大楼阁的本来面目呢？

其实没有追究的必要。这三大楼阁都创建于六朝，盛于唐代，到诗文出现，其间已有四五百年的历史。中国的木结构哪里禁得起那么久的风霜？更不用说兵荒马乱之灾了。自唐至今，又是一千多年，据说都已经重建过三十几次。这楼这阁，恐怕只剩个名字与诗文中的描述了。

我知道这两楼一阁都已在近二十几年间新建了。它们不复是古迹，当然不免遗憾，但它们的存在早已是诗文的存在，已经没有计较的必要了。即使一百多年前清末的楼阁尚在，也无法比对千年前的唐宋建筑了！我要去看看，去寻求它们的诗文意境吧！

这次旅行的第一站是南昌，其目标当然是滕王阁了。为我们安排这次旅行的宋宏焘是我的学生，已在大陆居住多年，当地的朋友多。到南昌的第一天，我们住在南昌新开发区，亦即与旧城隔江相对的一座高层旅馆里，可以遥视已陷在高层建筑中的滕王阁。阁，已失去"上出重霄，下临无地"的气势了。

午后到达南昌，早先安排的导游却带我们去了"八大山人纪念馆"。直到夕阳快要西下了，才带我们回到江边的阁边。我一时不解，到了高阁的阳台上，遥视宽广的赣江在夕阳下粼粼发光，才觉悟到原来这是安排我去对照那个"水天一色"名句的景致吧！

真的，建筑似乎没有什么特别可看的了。

平心而论，建筑是古建筑专家按照古代的形式设计出来的，一板一眼，很用精神，没有挑剔的必要。问题是，把木造的建筑用钢筋水泥建起来，就衍生一些"不值得看"的感觉。新的滕王阁正是考古资料加新建筑技术加观光需要的产物。而最重要的改变正是放弃了木结构，楼阁的风味就消失大半了。这就是当年我坚持在南园使用传统木构的原因。不用木材，失掉了木材的自然尺度，一切感觉就"假假的"，尽在不言中了。

在宋代界画中的滕王阁，最动人的是郭忠恕的作品。灰瓦、红色木构，是二层建筑坐落在岩石上，屋顶是重檐、歇山，在近水的面上，突出一凉台，因此使建筑与江水之间多了过渡空间，就是在那里，王勃看到"秋水共长天一色"。可是到了元代，王振鹏所画的滕王阁，构图几乎相近，只是凉台没有了，建筑只是威严地矗立在岩石岸上，美则美矣，缺了些人性的温暖。

如今的滕王阁，等于把王振鹏的图样翻了一番，高度加倍建起来，共五层之多。但在精神上是追溯唐宋诗画中描述的气势与规模、结构制度，与清末民初时，那种市街牌楼式的建筑，尚算是扳回情面了。

自江西到武汉，虽说有很多景点可看，我的目标其实只是黄鹤楼。然而此行最使我失望的也是黄鹤楼。原因无他，只是今天的黄鹤楼，虽然盖得十分华丽，却与长江分家了。站在楼上，已经看不到长江，更遑论"烟波江上使人愁"的景象了。据说黄鹤楼新建时被迁了上千米，大概是因为建长江大桥的缘故吧！

可是自建筑体看，黄鹤楼还真有架势呢！按照楼内陈列的一连串模型，自唐至今，至少可以看到五种造型的演变。唐代的楼是二层单檐的歇山顶，到了宋代与元代，就演为重檐的十字顶了，这种屋顶已有仙山楼阁的气派，可能是历史上楼阁造型最美好的阶段，也是我在南楼上采用的形式。不知何故，到了明代，屋顶居然改变了，放弃了十字顶，到清代，为了神化黄鹤楼的传统，再建为三层，楼面八角形，有十二个起翘的翼角，造成飘然欲飞的印象。屋顶用攒尖顶，四面各有一歇山顶，强化仙宫的感觉。这时候，黄鹤楼的四周都是回廊，应该颇有一番独特的风味，不愧为"天下江山第一楼"。

可惜这座楼烧掉了。在八十年代再建的时候，一方面挪了位置，另一方面对清代的建筑做了研究，就按清代式样建了一座五十几米高，外观五层，实则七层的一个庞然大物。这座楼房并不难看，但新科技的建筑物，实在无法使人与"昔人已乘黄鹤去，此地空余黄鹤楼"的名句连上一点关系。这只是一个大模型而已。比较起来，还是汉阳方向的晴川阁要亲切得多。

自武汉到长沙之中途，是洞庭湖边的岳阳，那里有一座为明代文人指为楼阁中最雄伟的岳阳楼。我们一行在途中略有耽搁，到岳阳时已逾下午五时，但"楼主"仍然在等候为我们导览。后来我才知道，是因我的忠实读者、湖南省文化局的一位同志的关照。

我们缓缓步上楼台，发现这座楼比起滕王阁与黄鹤楼要谦虚得多了。因为它是唯一的一座清代建筑，只是在重修时把灰瓦换上光亮的黄色琉璃瓦而已！使我感到高兴的是，站在岳阳楼的前廊上，仍然可以看到洞庭湖的水面。虽然经过一个世纪的淤积，洞庭湖不再有汪洋大海的规模，但它高踞台上，远眺湖中船只往来，极目所视仍看不到边际，真正是天水一色了。范仲淹"浩浩汤汤，横无际涯；朝晖夕阴，气象万千"的感觉，仍然是存在的。可惜我们为行程所限，无法欣赏到范氏所说的月色。好在夕阳当空，高悬在烟波之上、飞檐之下，聊以补古人文采于万一。

岳阳楼的"楼主"是古文物学者，按照文献，在前庭中做了一些唐宋时该楼的复原模型。可以看出唐时是二层的歇山顶楼阁，宋时为三层歇山式，元时已改为歇山重檐二层楼阁。到明代，顶上花样多，重檐歇山十字形顶上再加攒尖，有些神仙化了。可见越到后期越增加些玄虚的想象。清代至今的岳阳楼不知何时竟改为盔顶了。盔顶是S形曲线组成的，三层的翼角都极夸张地起翘，唐宋的庄重大方看不到了，却看到中国后期南方的轻巧飘逸的特色。二楼一阁能保存这一件古迹也算万幸了。

夏天的江汉与两湖是炎热的，也是烟云弥漫的。古文化像若隐若现的山川、古建筑一样，似真似幻。背诵几句古诗可以使它似曾相识，然又无可捉摸。所谓"物华天宝，人杰地灵"，只能在朦胧中远处的高楼大厦群体会到一些感觉而已。

回到家里，真有"兴尽悲来"之感。对于我这样垂老之游客，岁月流逝，宇宙无穷，哪里能识得盈虚之数？"天柱高而北辰远"，有多少人知道"白首之心"？

汉宝德

台湾建筑学者，知名建筑教育学者。

花与人间事

孙梓评 / 文

巷弄中，从平等院墙畔越狱而出的枝丫，花苞微启，像一句含在口中的说话。人们低头走过，穿越微凉，偶有餐馆边一枝开得较盛，或许三分，总觉得潺潺水流像花的催眠曲，听过几次流水声，花才会甘心绽放？

一日晃荡，原想去寻绵矢莉莎小说里写的那处MUJI，不知怎么，一枚欠踹的背影一直搁在心上。然而车站附近踅了几回，记忆中属于近铁百货的地址只有一片空白，像颗缺席的牙。不死心仍拉着路边散发广告传单的人询问，换来一脸茫然。失落忽涌，我只是个路过的人，却也因古都身上一寸变灭而弹动。

终究没等到京都的樱花。搭东海道新干线，列车划过窗外看不见的风景，抵东京后，复换一班车与夜归人脸贴脸背接背，出站已是午夜。朋友等在微濡的高架月台出口，相视一笑，都说倒像回台接机。

　　拉行李箱走过静谧住宅区，轮子叩隆作响。两个人顾着说话，谈笑间，经过那几棵樱树也没留意。风中微寒，尽早躲进屋子里吃一碗热杯面，敞开箱子分享前几日的北陆行程才是更要紧的事。

　　隔日早起，散步出门。又走同样的L形往车站，整修中的牛丼屋，诡异而晶亮的柏青哥店，生意惨淡的韩国冷面店略显寥落，偶尔被一两辆单车追过。空气倒有些不同。十六摄氏度。色调偏暖。朋友被训练得本地化，脚程快些，已抢先看见前头一小片公园——花开了。

　　"前一日还没有的。"他强调着，我也跟上脚步。是的，一夜之间，花全开了。衬着淡蓝色天空，环着空地几棵不知岁龄的樱树，慷慨地张嘴，吐出那句嗫嚅多时的密语。在说什么？也听不仔细，一颗心都被细弱顽强的花瓣绽满。地上有几朵招风坠地的，拾起，放在掌心拍照，像抓了犯人存档，这下子可逮着了。

　　一段短程，越走越慢。沿途人家矮墙里的一株，幼儿园门口当招牌的五六株，对巷隐约探出头来的两株，全都像小而细碎的呼喊。诱着耳朵，滞着脚步。

　　今日行程马上决定：上野。

　　虽是周间，车站却排满被魔笛唤来的人。上野公园摩肩接踵，都为同一桩花事。我也尾随着人龙，没入樱花隧道。枝丫上密密沾满的雪，既像凝视过几个世纪的欧兰朵眼神，又仿佛新生不解事的婴儿宇宙。不晓得打哪来的人：西装男、流浪汉、大婶、OL、高校生、年轻恋人，全聚满了。树下铺着亮青色塑料布，斜斜歪歪，端端正正，前前后后，也坐满了。偶有一人乐队据着转弯岔口，旁若无人敲打起来。电视台拉长了录音器，镜头前中年男人微笑受访，小学生踢着足球，欧巴桑惊叹声忽高忽落，不分年纪男女都拿出相机，咔嚓！

墨色树干上，挂着学名：染井吉野樱，初绽时有淡淡绯色，完全绽放后逐渐转白。花，开得干脆利落，从每一寸延长的细丫上，脱光叶子，好纯粹只有细琐布满的樱瓣。远望时，走道两岸白熊熊燃烧起来的群树，伸长了手想要触摸彼此，但每一次触摸，都只是换来更大规模的燃烧，在微要疯狂的前一刻，所幸路就走完了。弯向不忍池畔，鸥鸟随意栖于水面，枯秆提醒着冬季方才离境。旁侧卖店是炒面、关东煮、什锦烧，食物之味热乎扑来，瞬间灭了淡淡樱花气息。

朋友带我去池畔附近的莲玉庵，一八六〇年开业迄今，不知有多少人来享用过一样的荞麦面？店里应景推出三笼式凉面。其中一款掭入樱叶，吃来余香不散。

隔日，还不过瘾，又往吉祥寺出发。不消说，人潮自小站汹涌而出，浮浪般推向花海。通往井之头公园的小路密不透风，充塞烧烤味与叫卖声。而池子两侧枝垂樱像芭蕾舞者的身子，弯曲成美丽的弧，水上有复古天鹅船。我和朋友跟上游客队伍，边偷窥坐在水畔的人手中的便当菜色。他们在谈些什么？一生能看几次樱花？下一次会与谁比肩同坐，让视线于水面喧哗垂钓？当回程电车一站一站在日常而陌生的街道中穿越，望见远远近近的樱树像一束束神祇赠送的花束，为这城市庆贺祝福，眺着花色，心里总满满的，我是意外获得太多秘密的人，兴奋，焦急。

转眼假期结束了。朋友送我上成田特急，车窗外他拎着一把透明伞，对我挥手，又做了几个鬼脸。离别招致潮湿伤感，我想象如果只身留在异国的是我，摊展于面前的将会是怎样的路途？

自桃园机场回家的接驳车上，窗外似有一种冷静逼近，或许只是夜了。试着发一通简讯给朋友，写：我们好像从一个历史的点上逃开了。

该说是幸运吗？我并没有见到花落的那一刻，但殷殷关切。朋友体贴寄来照片，花瓣纷纷撒落河里，像集体自尽的士兵；或沾湿于泥土地，也就脏了。欲洁何曾洁？原来是这样的铁道理。

倏忽一年。

前两日因事翻出《荒人手记》。书里夹着一帧年轻男孩的照片，与我同一宿舍，并不互识。只因为当时我与也读了小说的H说，那男孩简直是书中费多化身，H便悄悄衔来一枚快照。照片就以这样的缘分留在书里。我翻开书页忽又望见，好奇费多近况，便上网查询。而始知，人生远比小说离奇——新闻网页冷冷说明：在结婚前夕，他与未婚妻口角，深夜自高楼一跃而下……

落花犹似坠楼人？哎，费多。也许只是无用的后见之明，但想象飘远至一件件生命中擦身后凋敝的缘分，莫名的愧疚将我鲠住，为什么，他没有被任何理由在绝望前一秒捞起？我多么希望，费多不死，还能轻快地自第九十四页起身、还原。

同一日，电子邮箱里，东京朋友寄来樱花线，花将要开了。

孙梓评

台湾作家，曾获台北文学奖等，著有诗、散文、小说及传记十余种。

风景花东

鲁蛟 / 文

1

总是认为，东海岸的风景早就被杨牧、詹澈、陈黎、叶日松诸诗家以及许许多多的文人雅士们写光了。后来发现，进入那些诗文里的，乃是花东风景的分身，它的本尊——肉体和灵魂，仍然伫留在那片土地上，活跃在那些乡野间，而且，越来越丰美，越来越繁绽。

多年前，我几乎是这里一岁一临的访客，甚至，为了寻诗，曾经专程坐着"花莲轮"前往单旅独游。当时，最深的印象和最大的撼动，是太鲁阁的玄妙和立雾溪的险峭。那是上帝用来美化世间的恩物。神的智慧幽密深奥，是绝对的天机，凡人的笔墨只能赞叹，无法析解。

2

在这里，最诱人的就是花了。花是人类心目中最美的脸庞，没有人肯失去当面对视的机会。

暖暖的阳光，凉凉的空气，肥肥的土地，清清的流水，这是一块适于花族们群居生聚的地方。金针、向日葵、波斯菊、野百合……一季季一批批的，自地层下冒了出来，并急急忙忙的，阵仗中的旗帜般，擎举起了它们那艳丽的花朵。用豪爽的绽放和慷慨的缤纷，来展现它们生命的活力。壮阔的姿貌有若海洋。人是喜欢泅泳的动物——在历史里泅泳，在人海里泅泳，在……身旁的太平洋，或因水深浪险不敢涉足，这山野间的灿烂花海，却不失为一个玩波戏浪的地方。因此，那来自四面八方的赏花者，就在这无边的花浪里，浮浮沉沉，沉沉浮浮的，玩乐。

太阳公公善于眷顾，好像有意地拨了一批最美最亮丽的光束给这个地方，来饲喂这里的花草树木。而花木们，也就张大了嘴巴，猛猛地吞食。喂得容光焕发，永泛笑意。

蜂蝶和花朵是天定的姻缘，恒以缱绻和缠绵相系。因此，在某些花丛里遇到几场蝶舞，在某些山径上听到几阵蜂唱，并不稀奇。

3

这里也是一个石族喜欢聚居的地方，自地里至涧壑，自高

岳到岸崖，相依相偎，自成家园。如今，它们把亿万年的古老
生命，推上了现代的舞台，在全世界无数的公共场所和百姓的宅
第甚至是某些宫廷里，找到了尊崇的位置，定居下来，成为族裔
的新繁殖，宗脉的再绵衍。在那里，他们以刚毅的身段和典雅的
姿容，打响了美丽之岛的名号。日日月月年年里，有多少的异邦
客和新主人，不断地反刍着这些远来友朋的身世——他们的故乡
是台湾，它们的名字叫大里。如此的远行或迁徙，换得荣耀
千百桩。

<h2 style="text-align:center">4</h2>

　　这块滨海之域，也是很诗的。诗是一种芬芳，一种光亮，凡
是嗜诗者或是爱诗人，无不竞相与之亲近。屈指算算罢！在台北
参加世界诗人大会的各国贵宾们，结伴来过。声誉飞扬的太平洋
国际诗歌节，在这里召开。知名或不知名的诗人诗家，也陆陆续
续地来来去去。就连远在温哥华闭门孵诗的洛夫，也特地跑到这
里来完成他那《背向大海》的著名诗篇。诗人们所到之处，不只
留下脚印，也带走满囊的诗思诗想。正因为如此，这里的天然地
貌和人文景致，早就在一些文学卷册中变成诗了。其光熠熠，其
声朗朗，诗之韵味既深又浓。

　　我也曾经是其中的一员，咏过和南寺，诵过扫叭石，也写了

这首《初秋访月庐》：

> 昼日晴空无月
>
> 因月悬于我的心头
>
> 入庐，壁间有古句相迎
>
> 未及坐定　景色便扑眼而来
>
> 这到底是　踏进一阕词里
>
> 还是　泡在一首诗中
>
> 忽有一彩鸟侧翼掠过
>
> 无人能知其名
>
> 莫非是一只小小的凤凰
>
> 若果如此　那背后的山林里
>
> 必有麒麟栖息了
>
> 山下的绿意虽然仍在
>
> 萧瑟却也浮上了枝头
>
> 随即用长长的视线
>
> 垂钓起满钩的秋色
>
> 入囊携返

（"月庐"，乃一山间休闲小站，是日系应诗人愚溪之邀，随叶维廉夫妇、辛郁夫妇和张默先生往访。）

5

花东、花东，处处皆风景。逶迤绵延浪花飞跃的海岸线，浩
瀚无涯一片湛蓝的太平洋；充满西北风味的放牧的大草原，山水
镶嵌起来的铁马道；清澈的溪水绿绿的山峦，静谧的田野雅致的
庄园；以及，张张憨厚淳朴的笑靥。即使那些极具特色的乡庄地
名如利稻、都兰、瑞穗、凤林、舞鹤、美仑、立雾、秀姑峦、太
鲁阁，也是一串美美的地理风景。这里的每一堆山水里，好像都
住着一个神秘的精灵，只要靠近，很快便会成为她的俘虏。

在这样一个地方里，那特别来此享受风景的人，说不定也
会成为人们心目中的另一种风景，被热情地包围，被密集地拍
摄，被访问、被议论、被赞美。像是千里而来的洋客，熙攘好
奇的陆团，以及那名字叫作杨苏棣的使者、被誉为法国钢琴大
师的巴佛杰，"轮转花东""双脚踩天涯"的单车骑士群等，
都是如此。这是花东风景目录里新添的页幅，未曾有过的"外
一章"。

6

时光快快流转，世事速速变迁，花东的大地上，曾经有过的
冷寂和荒旷，已经悄悄地远扬了。或许消失在大海里，或许逃去
了远方。铁定的是，它并没有躲进纵谷身旁的丛林，因为，那里

也有风景在把关，如果敢于越境入侵或是试图硬闯，一定会被赶了出来。

一向步调缓慢的花东，已经启动了风景的列车，正在伴随着太平洋上冉冉而升的朝阳，快速前行。

鲁蛟

台湾诗人，著有《海外诗抄》等。

香江拾遗

罗毓嘉 / 文

第四度到香港了。若朱天文的《不结伴的旅行者》,说的是人们以唯物观对抗孤绝寂寞,任凭城市万象涛涌而来,说是自我不存在,则也必然无所谓孤寂——那香港对旅行者而言,必然是一座完美的城市。唯物之城,观览购买,分门别类,理清物之排序与编列,香港的一切运行疾如雷电,人在其中,怎来得及感知历史。

一座对人如此颐指气使的城啊。

城在伟岸大陆之南巍巍长成,新旧交替,岁时相生,是历史的偶然,也是偶然的历史。好比我们结伙众人计划再计划,途中仿佛有什么突发的双城故事正要发生,却给阵风吹过,便散了。

倒也无妨。前几次去香港,和姐姐,或一个人只身。那阵子同父母关系奇差,要讲坏大约就是那样了,说没几句话便吵起来,负气订了机票酒店隔周就飞,也没交代去哪儿只说两三晚上不回家。像是流浪，自己一个人在香港街头贼晃，累了便蹲在路头抽烟。免税店烟抽多也不心疼。走进购物中心想给自己买些什么，左看右看，又再放下，打包整箱整背包的气恼老远来了香港，啥都没卸下便回去。

总之，香港。

这回不结伴旅行者找足了差不多的人口，一行七个人，加起来认识的时间超过五十年，省却那些磨合林总，排当行程，同行有时，独走有时，挺好。香港几日之间却下着忽大忽小的雨，整座维港给蒙得晦暗阴郁了，才惊觉从前我以为港岛天际线会永恒晴爽。维多利亚港是条微型赤道，旺角是永夜，港岛是永昼。现代性奇迹之于这城，什么时候开始，我竟认为香港是不下雨的。

也是头次住在太子、旺角一带。据说是全球人口密度最高的地方，一平方千米怕总有十二三万人落脚。够窄仄的了，潮湿燠热气候里头，光走几步路便叫人抓狂，雨后的泞土像不可能干似的，蔓延在旺角街头四处。也不是没有来过这一带，但住尖沙咀、住尖东，往来庙街洗衣街通菜街都像是个过客，反而选定了旺角的酒店，突然认定自己也至少算得上半个本地人了那样，兴味盎然地四处走逛，吃美食、吃甜品、饮凉水并且抽烟，姿态硬是得模仿古惑仔般睥睨。

但旅人身份早泄了底，调光调景对相机比耶，权充拟仿物的必然。

　　孔雀东南飞，一伙人也是浩浩荡荡沿途曲折南行。港便在不远的前方了罢？却又因为见着了弥敦道上一路巨硕的牌招灯色而感到放心，我们不都是在别的城市场景中找寻自己熟悉的气味。然而你怎么能够简单地拿西门町比喻旺角、太子，又说九龙某个段次像极了台北何处的风色——倏然回身，城市依旧是同一座城，但错失掉了的义顺炖奶，再过个两日两夜来食，怕不会再有同等兴致情味了。

　　好不容易到达维港之滨，几近午夜的对岸，众楼广厦皆已灭熄光线灯火，睡了。港边悠悠响起地鸣之声，我竭力辨识着港岛东南方，那积聚雨云中间晃亮的雷电，几个结伴旅行者懒坐椅凳，抱怨相机性能有限，美好不能尽述。转念一想，又觉人生难得几个十年相交的朋友齐聚，此中情意自是无可言传，如此释怀大半。拍照摄像如何，闲散漫步又如何，只要自己记得，足矣。

　　反正这些风色、体验、记忆，却要向谁说去？

　　这富丽之城，华美之城。其间我能知晓物之存有，却不能逼视未曾打其中流转的我的记忆、生命、血脉。由是，物有系谱，而无有历史。三月，以为香港即将成为我路径之时，叙事突然终止，我便醒悟过来那中间些微的不同，究竟所为何来。

　　如今，这不是一座有你的城市。

　　我追着自己的尾巴来到了香港，惶惶惑惑，何能得到消解？

　　购物中心几度进出，手头几个袋子晃荡。先是惊诧于半岛酒店厅堂之雅致魁伟，又再惊诧下午茶组当真只有茶品足堪宽慰整日买进买出的疲劳双腿。这约莫是旅人过客的本能：行本地人不经之路，食本地人不吃之物，买本地人不着之衣。

午后骤雨来得急，去得也快。庆幸及时回到酒店换上亮洁衣裤，下到梯厅，他已在约定地点等候。有些倦容，宽厚的个头并不太高，但足令人安心，两鬓发丝剃得平整，在顶心留长了发束。说是讲一整天课，有些倦。让你劳烦了，下班还跑来这儿。不，从沙田走东铁线到旺角东，顺。问外头还下雨吗？还下着。说话的时候，宽阔的腭里边小小的牙，像编贝。于是我发现自己喜欢他说话的样子。却要去哪儿呢？

大约看我面有难色，说，要不到楼上的咖啡座聊聊？

好。

其实我也不知道该如何找些话头，有一搭没一搭地聊，突然便陷入沉默的时候，便透过杯口偷偷望着他。问说喜欢香港吗？还行。他便径自说起了上回到台北，五六年前的事了。回说，台北这几年改变不少。又注意到他侧颊有些斑白胡髭，伸出手去说：这儿，白了。说是，头发白不是真老，胡子白了就骗不了人。你不显老，不说年纪我也不能看出来的。六七年的，你八五年的吧？足可以当你爸了。我微微一震，老是为这些通关密语似的片刻心旌动摇，说是吗，是吗。

饱餐后，终究是要往雨中走的。幸好此时晴空半朗，细碎

雨丝像一袭帘幕，遮得两人并肩，可以什么都不听，可以什么
都不看。他在我身边，安安静静走着，间歇出言，指着路边的购
物中心说进去看看？如今，我已不记得那商场里头陈列贩卖着什
么了。怎么可能记得？同友人订约的时刻将届，想问住在港岛这
人，要不要陪同我们乘船？但时差一秒钟，又看他气色有些倦，
终是没问出口。你要去尖沙咀，那乘地铁吧。你是要一路过港？
不，我等会儿折回佐敦搭小巴，先陪你到尖沙咀。

先陪你。陪着。

往尖沙咀的路上，两人保持适度的沉默，不特别近，也不
特别远。车停车行，肩膀臂弯带着礼貌距离，些微地触碰着。分
开。又再碰触。转身，视线对上了的时候他便低下头去，我笑说
怎么了？回说没有，只是有的人眼睛特别好看，不能随便四目相
对的。他说，有的人，总是这样。

临下车时候，他突然回过头来，又说八月有个假，想去台北
看看。

同行友人一夜未归，想是碰见了些线索，忽而忧伤，接下来
会是谁的双城记？我感到些微嫉妒，又不愿承认，自己也想多认
识这城这人。一如往常，我在城市的边角之处逡行，希冀可以找
到些供作留存的指向标记，但不可能。

于是我只好购物。走进又一城，挑高的大堂里头每个楼层给
电扶梯连接，想大概有一万个人正在这建筑里踏步。好像哪儿都

去了，又好像哪儿也没去。我拿出相机，试图拍照，但想了想又再把相机收起。拍什么呢？照片里没有我，不能证明自己存在。只好胡乱买些杂什，衣裤，沐浴胶，拎着一只只提袋各色款式，像狗，像豹，像猫，在城市四处留下记号。

我得买。用买，证明生命本身不能证明的那些。

即使是书也一样。找到些香港印行的版面，我得买，如是拥有它们，像拥有城市的各种脸孔，不买便是死别。生离还能忍，死别空长恨。里面有没有历史亦无所谓，只要拥有了，架上的书背便多了些声口腔调，多认识自己一些。

或者，走。我可以不看风景，不想，不听，不闻。出铜锣湾站，先东西南北不辨方位地瞎走一阵，反正总会绕回到轩尼诗道。地理感突然恢复，轩尼诗道是忠孝东，弥敦道则是中山北。我出生在更陌生的城市。我不在任何路径上，不说话，无有情理，无有喜乐憎恨。走累了，便自己买便利商店饮料，心中不免仍要比较台湾香港的7-11。更累，就坐下来吃冻红豆莲子，是谓鸳鸯冰。

铜锣湾到中环这几步路，年纪小的时候也不知什么现代性云云，后来慢慢体会到湾仔老店旧街，骆克道街市整个被大楼包围，便有种半残酷半庄严的气氛隐隐生成。又听说中环街市的地皮卖价甚好，港岛这头的老生活正以某种我们不及感知的速度消退而去。噢，是吗。再好比我初来香港那年，都过了四五寒暑，当时天真地以为自己可以逛逛路径便习得这城一二事，现在想来，嗳，怎么净有这么多事在我长大之前便已发生透了？

渣打花园周边，天色阴郁，我仍勉为其难找好角度，拍了中国银行大厦。拍力宝中心。拍完花旗银行广场，蓦然惊觉身在香港，不在台北。来这城几趟了，头一次，突然想要回家。

礼拜天，中环聚集的菲律宾女子们，昵昵喊着渣打花园，小马尼拉。

她们也都想家吧，一箱箱邮寄而来而去的包裹，四散在骑楼。

好像台北，晴光市场。香港确实是个伟大的城市，中环、金钟、国际金融中心都为她们备妥了空位。旅人之城，游子之城。怕也只有这天吧，而又为什么是中环？站在对街，半山区下来的巴士载满了女人，我努力思索当中与台北相关的那些，阶级、性别、经济结构，好比前一夜的晚餐，意大利主厨雇的那些女子，操某种腔调的英文。好比之前谁笑称，粤语只到九龙，整个港岛讲的都是英文。在这完美的资本主义市场，人们从不真正融合了，而是带着各自的乡愁，来到香港持续弯腰、咳嗽、歌唱。

提着新买的平底鞋，我走到国际金融中心外头抽了根烟，再次摄下中银大厦的剪影。花园里，塑料野餐布给女人们弥天盖地铺陈出去，女人们斜坐，女人们交换餐食。女人们抽烟，打火机在涂红的指甲间传递。我感到震动，但不能把镜头对准她们，我不能够。

此时，我是即将返回台北我城的人，但她们呢?

仍为此宽慰——我何其有幸，见识得在这摩天大楼构成的魁伟市容底下，有一些无法简单衡量的东西，正在发生。

那时，距离班机起飞的时间，又近了一刻。

罗毓嘉

台湾新生代诗人、作家，著有《弃子围城》《天黑的日子你是炉火》等。

蓝鹊飞过

李进文 / 文

一九九二年七月十日，高雄

山迎面扑来，眼神霎时失控，一声轰然——猖狂的绿自血脉喷出，满山盈谷的错愕，寂寂。落叶像成堆暴死的蝴蝶在鞋跟嘶喊，而山脚下我们的城市跌坐：俨然横列的是椁，高耸的是墓碑，千千万万个，绝望的美。远处仿佛传来豺狼虎豹的纷扰，一群不以为意的蓝鹊飞过。

敞开衣襟，胸骨排列如古之栈道，拾阶而上的灵魂，未曾如此笑过，你大喊："起床！"醒来了树影和花踪。阳光拧干昨夜的雾，信步到溪涧洗脸，猛抬头，腰际悬雷的七月，单脚静静地伫立矶石，回忆她橘花香的名……泠泠，一床水色为来生预备，待夏日点燃群树缤纷，我将安置山形枕头及发丝的被褥，上面绣着对对蓝鹊飞过。

海拔七百米，月均温摄氏十六度，气候抒情，年降雨量三千五百毫米，接近泛滥的泪腺。扇平，是一座森林教室：台湾山羊石虎蜥蝪以及小雨蛙，请专心听讲，你们是聪明的脊椎动物，喜欢记录自己，以蓝鹊写在天空的笔迹。瓢虫如星，尺蠖点灯，当我在树下轻轻翻阅晚霞，生物学课本里一只孤独的蓝鹊飞过。

二〇〇九年一月二十三日，台北

斜斜自天空滑过的是快乐吗？转眼多少年，时光仿佛倾巢而出，一声惊蛰来自丹田，是久未谋面的春天。以前，路灯长长的影子是我的体形，光晕这般瘦，月下老人的咳嗽声浑圆如阴历十五的月，神的手势点数一只两只三只红喙蓝羽的剪影，飞翔是我们心中的虚线，我们共同拥有过——蓝鹊飞过。

斜斜自天空贯穿心窝的，是下午时光，时光美得像游龙的熠烁鳞尾，尾尖裁过半生：一些我，掉落在南；另一些我，掉落在北；一些些其他如梦掉落田野，全部长出鸟鸣。内湖的草莓、橙橘、柠檬以香以色在我心聚会，讨论像我这样的静物如何以绝笔画出一只两只三只蓝鹊。我每天安排隔天，只要有一点点前进，就觉得像蓝鹊在飞。

狗吠下午，生与死天天巡行山野，又悄悄、日日地走了。社会病痛不是小老百姓的小感冒能体会。贫穷苟日新又日新日日新地举步向前行，身影倒下压伤国家，乱石堆伫立蓝鹊，红红的脚趾踩着日期，最受伤的是礼拜几？蓝鹊在树丛高处守护它的巢，山神拥挤在下午四点与五点之间，没有什么叮咛，甚至没有动静，蓝鹊沉思立定。

性格起毛球，我穿上好旧的套头高领衣。冬日时光载我入山林，枝枝叶叶都是新闻。啊我们，我们是这世界忘了罗列的大事记，我们是最甜蜜、最小巧的幸福，恰恰足够一辈子了。野芒如古诗，夕阳是老虎，我行走荒野等同以小脚大声朗诵。我请天空、请旷野带我去找很久以前的岁月，然而，我与我的往日何不歇歇，静看飞过的蓝鹊。

我所见的蓝鹊已是第几代了？眼前是它们吗？那优美弧度的时光抛升，盘旋，像命中注定，注定要落地生根的名与姓，落下且跌成饼屑，叫麻雀去争食吧。天空骑在蓝鹊的背上，俯瞰流窜的民主圣歌，边唱边咳。焦虑的风从城市一角掀开，发现失业者、游民、拼了命的中年……以及台湾蓝鹊，啊，蓝鹊飞过。

李进文

台湾诗人。

美在实用的基础

王盛弘 / 文

韩国人李御宁擅长以缩小美学解读日本文化，他说，枯山水"再现"自然的手法，并非等比例缩小，而是"去除一个一个受时间影响，带有不确定性存在的自然物"，以期表现出自然的核心面貌。

首先要除去的是娇弱小草，它无法承受时间的重量；接着淘汰花木，它们会随季节变化；水的柔软也要放弃；连高低起伏的地形终将在时间流里归于水平，因此也须铲除。最后余留下来的，只有坚硬的砂与石，"宛若叙述世界，以名词表现缩小的俳句最后一句，自然的全部运动都包含在石头与白砂"。

李御宁也曾说过，日式庭园里的垒石修辞学是"诗的第一句"；最初也是最后，正是唯一，他把石头标举到至高的地位。

不过，简净至如此境地的庭园我尚未游历过，极简的龙安寺方丈南庭，固然砂与石是焦点，但还有精心栽培的苔藓；以菜籽油处理过的原料建成的"筑地"（上有屋瓦的土制围墙）当画框，经五百年渗透、氧化，时间猫足轻轻走过，允妥扮演衬托的角色；筑地外则有松有枫有樱，四时佳兴不相同。是林林总总这些元素构成了整体，增添、删削任何素材，整体感都将随之调整。

除了石头，日式庭园还有三个重要元素：水，植物，添景物。

安藤忠雄谈建筑，认为日本传统建筑，最重要的是与自然之间的协调："建筑被认为是与庭园一体成形的存在。日本的建筑文化中，庭园就是建筑空间。"而当他论及庭园时，聚焦的是——水，举西班牙阿尔罕布拉宫、意大利哈德良别墅、千泉宫为例，着墨的也都是水的角色。安藤忠雄说：各个民族、宗教都视水为神圣之物，光是追溯水的使用方式，就可发现各地庭园文化的差异。也因此，安藤的作品几乎不能短少水的姿彩。

比如京都北山通陶板名画庭，入口即为淹埋于水中的莫奈"睡莲"巨型陶板复制画，里头还有浅水池布置装置艺术。淡路梦舞台则设了一千座喷泉、一百万枚贝壳贴覆底部的贝壳滩。

或是TIME'S，位于三条通，紧邻高濑川，安藤本打算将河水引进建筑内部，但遭业主峻拒，护堤则是一再说服政府后才得以拆除；TIME'S进驻了各式商家，自路面逐级而下的是一家意大利餐厅，河岸平台与河面落差仅数寸，不设障碍物阻绝，我前去参观时，直想脱下鞋袜、撩起裤管，在河岸坐一会儿，泼泼水。以TIME'S的经验为基础，后来安藤在大阪的三得利博物馆干脆建一座阶梯广场，让建筑物延伸到大海。

水在传统日式庭园中，兼具生命之源的神圣意涵，以及涤净俗世尘埃与罪恶的高洁象征，例如"蹲踞"用以洗手和漱口，最初是为了茶道而设置；茶道不只是喝茶，它被赋予丰富的精神内涵，洗手和漱口也就不能单纯看作表面上的清洁等实用功能；若有机会到茶道的千家三大流派之一"里千家"的茶室不审庵，会发现茶庭的每一颗飞石都先以水清洗过，才能让人步行，那是一条从形而下到形而上，走上禅茶一味之路。

而植物，比如树，《作庭记》说它是"人间天上最为庄严之物"，住家四方须植树，"以为四神具足之地"，若住宅东面没有流水，则该种柳树九棵以代表青龙，把树木神格化了；大臣家门口槐树是要"怀柔百姓"，柳树只栽在富贵人家，一般老百姓不宜僭越，把树木象征化了；受汉字影响，种树有诸多忌讳，如门中种树是为"闲"，方圆之地种树则为"困"，都要避免。池中之岛应植松、柳，钓殿种枫，这是就景观上的考量。

植物随季节变化，又代表了生命的流转。固然樱花最富大和民族的况味，但在茶庭，除了绿叶红叶，缤纷的色彩、浓郁的气味都被排除在外。对植栽的讲究，我在银阁寺开了眼界：银阁寺展示使用于园区的苔藓高达三十余种，各有各的生态、各有各的形貌，一点马虎不得。植物另还有分隔空间、防风蔽日等实际效用。

正如谷崎润一郎所言："所谓的美往往由实际生活中发展而成。"添景物也都由实用出发，进而追求美学趣味：踏脚石、铺石可防尘土沾染，雨天避免湿了鞋袜；石灯笼由佛教献灯演变而来，用以照明；竹垣划分界限，若在庭园外围是为了挡遮，若在庭园内部，一般较为通透，可以分区，也是造景所需；其他还有蹲踞、添水等设施。

添水乃江户初期武将，也是造园名家石川丈山所发明，巧用杠杆原理，引水注入悬空、中间固定如跷跷板的竹筒，竹筒蓄水到一定重量，终于往下倾入地面以石块凿砌的水盆，轻轻敲击盆缘复又弹起。我着迷于那个钝响，似是叩问，似是回应，蹲在落柿舍的添水前，一遍一遍聆听着。

添水又称"惊鹿"，是为了那一声敲击可以驱赶擅闯的兽禽？试想，若有野鹿难耐饥饿，来到庭园啃食花木，冷不防地有一声"空"如敲在脑壳上，野鹿必然一惊，或许拔腿就跑了。不过，周而复始的单调音声，还能发挥惊鹿的效果吗？很值得怀疑。刘大任就说过，他在纽约近郊"无果园"，"拒鹿"是每年秋冬大工程，他曾尝试各种不同配料的喷剂、辣椒与大蒜水、头发、狗粪，甚至超音波，都未能奏效，最终他实验出了以黑色尼龙网围在庭园四周，并用粗磅鱼线在所有野鹿可能进入的缺口设上中下三道防线，才使得无果园免于野鹿的糟蹋。

在我浏览过的庭园中，兼具造景四大元素的，清流园和余香苑是其中历史较短浅的，至今不过四十余年。清流园占地一万五千平方米，做工十分讲究，尤其上千座山石的摆设，流水与池塘的分布，禁得起细细端详，可惜短少蔽日树荫，我前去参观当天艳阳高挂，热死人了。而且，视觉上望去是落落大方，却缺乏了点掩映的趣味，缺乏了点层次感。

相对的，余香苑最称佳美。

是个雨天。微雨的日子比起艳阳天更宜于游园，景物氤氲在潮润水汽之中，格外显得饱满，且带些微诗意。但那个中午，刚参观过龙安寺，雨势骤然湍急，我往妙心寺走去，主要想去看看退藏院。退藏院有日本水墨画始祖如拙的《瓢鲶图》，有狩野元信打造的方丈石庭，有中根金作设计的昭和名园余香苑。

约莫一个半钟头后确信迷路了，才终于在罕见人迹的山路间问了路，折返回干道，搭公车前往妙心寺。

方丈正在整修，影响了石庭的完整，展示的《瓢鲶图》自然也不会是真迹。雨水汗水使我略感到疲惫与狼狈。很快来到余香苑，入口处有枝条密密四垂的高大樱树，左右枯山水各一座。绕过樱树，各色灌木错杂伸展，草花盛开三朵五朵，小径旁茅顶凉亭更添朴雅的人间烟火味。本还觉得不过尔尔，待信步来到庭园尽头，随意在木椅上坐定时，眼前所见却别有一番风貌。

目光所及是徐徐爬升的扇形舞台：近处水塘低平，将残荷叶高高擎起，雨水斜斜落在水面。水岸左侧，山石和灌木丛修剪成团块缓缓朝上展延，右侧植乔木，一湾山溪自高处沿嶙峋山石铺底的河床潺潺注入水塘。溪水源头陡然高耸，密植林木，景深更显敻遥。脚边则有低矮石灯笼与石桥横躺，苔痕斑斑。

中根金作善用石头、水、植物、添景物四大元素，把余香苑打造得既爽朗明快又错落幽深，是这样繁复的细节，又是那样和谐的整体，可亲复可喜，我一个人坐在那里，心头渐渐舒展开来。（本文为《京都的石头》十二连作之第七篇）

王盛弘

媒体从业者，曾获林荣三文学奖、梁实秋文学奖等，
著有《慢慢走》《关键字：台北》《一只男人》等。

丹锥山下

张英珉 / 文

你到底是丹锥山呢？还是新城山呢？

还是，都不是呢？在我不了解你的时候，地图的方位我总是无法正确辨识的时候，站在太鲁阁管理处的台地抬头看时，我总是好奇这个问题。为此，我陆续问了许多巡山员，他们说你可能是塔山或是新城山。但我看了公园道览折页里面的地图，在图中，塔山就更远了，塔山有两千四百四十八米，你只有一千七百四十九米，如果你是塔山，那你前面该会有个小山头，但是我迎面就看到你，过了数月的我终于对附近的地理有足够的认识，才如此判断你就是丹锥山。

在我第一次涉水过立雾溪的时候，我抬头看见了峡谷左方的丹锥山最尖端，有时候一些角度被前面的山坡阻隔，我们走走停停经过大岩石，学长说，以前这里是军营，就在河床上打靶打得石头上斑痕处处。在渡过冰凉清澈的溪水之后，我总想着，那些在立雾溪畔留下考古遗迹的史前文化住民们，是怎样地望着那山头尖端呢？那些大航海时代，遥远而来的外国淘金客，是否在抬头注意你的时候，被觉得侵犯地盘的原住民攻击而命丧异乡？而那些望着山尖而开辟道路的老人们呢？我查询资料才知道，当时许多人腰上绑着绳子，另一端绑在大树上，就这样垂在悬崖上凿开破洞埋炸药，如果绳子在尖石上磨破了就直直掉下深谷，再也没有被搜寻的机会。我想，那些铿锵开凿的岁月中，他们青壮而离乡背井的孤独内心，也曾经这样子抬头搜寻着你的存在吗？

你一直存在，好像孩子抬头就能望见比自己年长的母亲一样。

你多久前就在那里了？据说是四五百万年，可是那时代距离太遥远了，沉积物的皱褶被拾升，吕宋岛弧和欧亚大陆板块碰撞，我总想这是恋人的激烈的思绪拉扯，强烈的话语抬升爱意与恨意，争吵，哭泣，破坏，撕裂，在这痛痛快快的爱之后断然离开，从此抬头望就知道曾经的过往，是这样吗？我幻想我攀爬上山头，站在最高耸的那颗突破海平面灼热挤压蹿出的石头上，轻松惬意得忘了登山的探险多疲累，低头看着峡谷望着台地，看着流向海的立雾溪，流走的除了河水，还有那不能折返的时光吧。在这里诉说地质年代，都是用远超过人类生命的量词，千年只是基本单位，万年更是更方便的解说词。这里一次台风一次地震，一颗滚落的石头，一棵飘落的风倒木，一片踩过的青苔，都是在预备写接下来的历史，只是人类活得太短，没记录之前都叫作史前，太多未知存于历史，只好开始想象。

每次我搜集着太鲁阁这里的新闻，丹锥山，你疏远似的逃离纷乱，好事坏事都与你无关，游客不会经过你没有公路的身躯，不能速食的一日风景旅程。而我用了网络搜寻你，你却连个图片都没有，我抬头望着你，你是存在着的，但是太少人知道你，连地图上的名字都不能让我确定。丹锥，红色的锥子？是谁命名你的呢？他是从什么角度看着你，可以看到这形象呢？或许他是在山的对面？在山的底下？或是在海的那头？没太多人知道你，我想了想却很高兴，你只要安稳存在，不用给人知道的，在这些有着丰富生命存在的原始地，引不起人类兴趣而得到保护，或许才是最好的做法。

一千七百四十九米，在平地温度不到十摄氏度的时候，丹锥山，或许你也该会一夜白雪，像是转身拉上白色的披肩。在这里，四季变化我看了三季，夏绿秋红颜色缤纷，但纵使冬季，白雪却是仍不可预知的。似乎和爱相同，突然降临，突然蒸发，带走热量和眼泪，把一切回归原状，便可期待下个春季的到来。

中横中路在通过牌坊之后，从台地这方看出去，公路就像是穿过悬崖的腰带，用力地在丹锥山下方拉出一道明显的勒痕，我曾从那道勒痕中，跟着研究人员走入山中放笼子做实验，那时候我就在丹锥山你那丛林身躯中，丛林湿气在太阳照射下冒起，踏入森林十多米就能明显感觉温差，异常的燠热难耐，有时穿过掩倒杂草的小台地便汗如雨下，感受难以言喻。

在野外有个简单的原则，美就是危险，越多游客的地方越需要小心，有了这个心态，到野外时我总是紧张兮兮，顺着一条干沟出口背着大笼子向上爬，没有路只有乱石成乱阶，手脚并用攀爬而上，起初不习惯的时候容易受伤。第一次跟着研究人员进来的时候，我不停紧张向来处望，不知怎么着肾上腺素分泌过多心跳加速，未知的想象令人恐惧，我总幻想一只从动物园逃生的老虎埋伏突袭要我带它回家，或是绝种的云豹会在我眼前惊鸿一瞥说自己还存在啊，或是难得一见的白鼻心像是化好妆的白面小丑远远地隐在草丛中。还有还有，穿山甲、石虎、高山黄鼠狼、猫头鹰等纷纷在眼前出现，呈现生态多样奥妙。

但或许是这里太靠近游客了，放了十几次的笼子，全都空手而回，甚至笼子被溯溪客当作盗猎陷阱而用石头重击而毁。研究中途又遇到台风，笼子就消失了，可能顺着狂放的雨量流入太平洋那深邃难知的海床上。最后的最后，夏季结束，有一次我独自收笼子换饵，爬入山沟看着自己所做的记号，小心翼翼地靠近笼子，透过林叶看见笼子里面有着有毛皮的动物，是白鼻心吗？因为这里有很多山棕？或是黄鼠狼？黄喉貂？这里海拔太低了不可能。我颤抖地靠近，心情无比紧张，更靠近一看，答案揭晓，大失所望地结束了我的夏天放笼子任务。

那是只白黑相间的野猫。

我打开笼子，野猫飞也似的冲向马路那边，带着我的遗憾，不到几秒就消失在草堆里。

这些图鉴中的美丽的动物呢？我总想，它们都藏在山中，最好不要被常常看见，不要落入那些简易却致命的套索之中，自然而然在山野中演替，不需要人类操心担忧。

我走下干沟，转身一看背后那高耸的山头与远方的群峰，在这里，丹锥山的存在总让我想起许多圣山，都是领域中抬头所见的那座最高的山尖。丹锥山，你虽然不是百岳，也没有开拓好的步道可以轻松而上，但每当在空闲片刻，忽然抬头看向你，就会提醒我，现在正在这片卷走时光而去的立雾溪旁，学习如何和纷乱的心情对抗，学习在无路灯的中横中路旁靠着月光行走，学习如何在原始的地方用尊敬的态度，安安静静地生活。

张英珉

台湾艺术大学应用媒体艺术研究所毕业，
曾获时报文学奖新诗奖、梁实秋文学奖散文奖、优秀青年诗人奖。

永远对生活有所期待 5

○ 第五章

每一个小事都认真做，每一个瞬间都用心过，努力追上时代的成长速度，每一天都要全力以赴，努力对生活充满期待。　•••

敬爱的郎世宁

陈玉慧 / 文

你小时候在米兰画室拜师学画，十九岁到热那亚加入耶稣会，那时你并不知道，你那光芒万丈的艺术天才，将在中国皇宫内发挥无遗，甚至影响了许多后代中国人的绘画。

那时你也不会知道，你为不同清宫皇帝所绘的作品竟然很多都完整地保留在台北故宫博物院。

敬爱的郎世宁（Giuseppe Castiglione），还有，我的童年与你也发生很大的联系。曾经喜欢集邮，我曾一套又一套地到邮局购买所有有关你作品的邮票，也曾一次又一次地站在台北故宫博物院内观赏你画的马，我把《百骏图》上的马一匹一匹全算过了，确实是每匹马都不一样，那是我儿时的评语。

你的《百骏图》在当时惊动了清宫！一匹马站在水中，让马夫梳洗，图上居然出现了骏马的水中倒影，这是当时中国绘画从未出现过的大事。

你未离开家乡前对绘画保持宗教理想，十九岁左右便完成两幅重要画作，那时看得出来，作品深受反宗教改革运动的影响，厚重乌云出现裂口，神祇无不露出悲怆之情，你也受到十七世纪意大利大师的熏陶，你的名声远播，连奥地利皇后玛丽安娜都要求你为她的孩子画画，你本来可以和波左一样过那伟大艺术家的生活，但你更宁愿到远方冒险。

你更宁愿服膺耶稣会创办人罗耀拉的原则，将你的艺术才能用来荣耀上帝，去异地唤醒更多人的想象力，来接近真主。你和罗怀中医生（Joseph Costa）一起来到中国。

你们进入皇宫，清宫皇帝看重的是你绘画的才能，他们没让你传教，而是希望你们在皇宫深院内贡献一技之长。你开始为皇帝画画，绘皇帝的御容，你的透视画法得到乾隆皇帝的喜爱，他也经常要你为他和他的母后及皇妃做"写真"，你甚至画过乾隆最爱的香妃，不只如此，你成为他的最高艺术顾问，举凡宫内的壁画、玻璃窗画、瓷器、扇子、箱子，甚至天窗，举凡需要装饰之处，都有你的痕迹。

乾隆皇帝看重你，他非常喜欢你为他和父亲雍正所绘的《平安春信图》，并曾为你作诗：写真世宁擅，绘我少年时，入室幡然者，不知此是谁。但是，皇帝患有大头症，所有有他的图画，他个人的头颅比例都显得大许多，可能，就像多年后意大利画师潘廷璋为他作画，站在皇帝身后的太监，指指乾隆的头，拉开两只手掌暗示画家，尽量将皇帝的头画大一点。那些年，你都是那样在画，与其说你为皇帝服务，更不如说是为天主服务。

早先，你和年希尧合作以中文写了一本《视学》，你也在宫中画油画，你为康熙所绘的油画画像保存多年都没人打开，几年前在北京故宫才发现油料都剥落了。但是你的油画只画了几幅，不久，你便开始学习以毛笔写字，你勤练你的签名，希望有朝一日能自己落笔。

你爱画马，你的马画得到皇帝的喜爱，但你的马画有马无人，乾隆认为不若古格，要你的学生金廷标仿李公麟的《五马图》，将人画上，他还评比你和李公麟，认为李只略胜一筹而已。他封你三品内廷供奉，出入如意馆还允许搭乘绿帘大轿，你有一大群行走或拜唐阿做你的学生。

你在宫内影响力扩大，甚至在外收养子女，落户成家，此事引来批评，但乾隆宽宥了你，他只是不喜你在他面前呈奏私折，你两次这么做，为了即将被处死的传教士及日益饱受歧视和攻击的传教活动。乾隆并没有处罚你，他只说："好吧好吧，如果你有传教士朋友想留在中国，你就叫他们来宫内呈报。"

你那时知道吗？皇帝其实蔑视天主教义，他本人信仰密宗佛教，他说，你们可以向你们西洋人传教，但不可向中国人传教。你可能知道，但你无可奈何，只能专心投入绘事，还有什么比这件事更能为上帝效命？

三年前，我站在台北故宫博物院，重新审看你的作品。你将透视及明暗等技法融入中国绘画，使得中国绘画亦形精致艳丽，是你，不是别人，缔造了清宫的最后一个辉煌盛世。你是那个朝代最重要的中国艺术家。

如果当年你留在热那亚或米兰，你后来会怎么样？你的成就一定可以和法国画家华托（Jean Antoine Watteau）并驾齐驱，但也许因当时耶稣会逐渐面临解散驱逐，你可能被迫逃到西伯利亚去传教和教画？抑或你是幸运的，你在这历史的转折中来到中国？

虽然，你有许多中西合璧的作品是在乾隆的指示下诞生。乾隆常要你画人像，而背景或风景由你的中国学生完成，乾隆的品位强烈主导你大部分的作品。你一定无法想象，今天，这样的混合风格正是现代人所倾心的，在音乐上被称为crossover，谁有本领在文化与文化中串联表现，谁就有最大可能胜出前卫。

你看看你的鱼藻图，那两条鱼，在中国人文画的衬托下，多么有表现风格？看看你为乾隆所绘的戎装像，你明白清高宗所强调要求阳光明亮的绘画感，阴暗效果只彰彰于他的马匹，那就足够了。谁有那样的宏伟感？

我非常喜欢现藏法国巴黎吉美博物馆的《哈萨克贡马图》。描绘乾隆皇帝在圆明园内，接见前来进献骏马的哈萨克使节，皇帝和两侧的大臣都具有明显的肖像特点，纯熟的巴洛克风格融入中国绘画技巧，且是横卷拉开，令我百看不厌。在画中，皇帝与臣子并无尊卑之分，脸部表情极为柔和，仿佛略微疲惫的面部肌肉刚刚才休息过，而马当然是完美的马。此画表现出意大利北方文艺复兴后极力主张的个人尊严，光线的处理效法十五世纪前半叶的佛罗伦萨画派……

三年前，我也曾坐在台北故宫博物院图书室，一册又一册地翻看清宫活计档，那是那时清宫造办处的档案，所有造办处的制作活计细节过程和人员赏罚，全部一一详尽记录。

在那些记录里，我看到你如何尽心尽力在如意馆卖力。我在笔记本上写了无数条与你有关的条目：乾隆十三年，皇帝口谕，"郎世宁画好的瓷瓶式样，不好。"那一年你也必须画古玩起稿，及通景起稿，如圆明园的静宜园以及物外超然建筑后抱厦三间连棚顶画。

隔年，皇帝透过宫廷内侍说，"黑漆小元盒六件，要郎世宁重漆"。皇帝不喜欢你弄的黄包土及绿包金的对漆。

乾隆十七年，皇帝要你在圆明园内查看什么地方可以安装玻璃，以及在玻璃上画画。之后，皇帝看了你的白鹰起稿，允许你开始作画。你画了马鹿两张及藿鸡青羊大画两张，皇帝要你的学生金廷标仿制以白绢再画两张。苏州针织送来西洋毯子，他要你仿画。乾隆二十七年，皇帝要你为皇太后画御容。皇帝还要你画养心殿西暖阁三希堂西画门墙壁，不过你只消画脸，人物由金廷标完成。

作为中国皇帝的最高美学顾问，你简直疲于为皇帝个人美感奔波效命。

你经常在圆明园内为皇帝勘景，你为皇帝构思了一系列具有洛可可风格的西洋楼，草图是你起的，后由皇家建筑师雷氏家族建造，楼前那大水法也与你大有关系，乾隆在看过几张西洋图后发现，很多西洋宫殿前都有喷水池，他要你也如法炮制。你找来物理学家也是耶稣会士的蒋友仁（Michel Benoist），蒋友仁研究出"大水法"，由他设计的十二生肖喷水池，每两小时会由一生肖动物首喷水而出。

敬爱的郎世宁，这十二件生肖首便是由你绘图而制，在英法联军时被人劫走，过去多年流落异地，连法国已故服装设计师圣罗兰都有收藏，这几年在国际拍卖场合拍卖，已有多个生肖首被中国富商高价买回，你可知道？每一生肖首估价都在千万欧元以上，而且你的画作或绘有你画作的瓷瓶价格更高。

敬爱的郎世宁，你不但影响了中国画家，你也影响了西洋传教士对中国的认识，那些年，来华一直不能适应宫内生活的王致诚画家，也是我极敬重的法籍画家，他便是因为你的生活哲学指点，才得以在大清院里存活：在中国，一切得慢慢来，在皇宫，你只消顺着天赋做事，逆着个性做人。

我要说，我喜爱你的作品，对于你贡献于中国绘画的毕生，我无限崇仰。

陈玉慧

小说家、新闻记者、导演和编剧，擅长抒情散文，
曾多次获台湾新闻及文学奖项，著有《征婚启事》《海神家族》等。

在纸上飞行

冯杰 / 文

序·书、床和另一种童话

让我来推荐世上最耐读且包含元素最多的一本书，不是曹雪芹也不是莎士比亚，我会首推地图册。想一想，再没有比地图更耐读的书了。它的精炼度、大容量和概括度，是任何一本书用文字所达不到的。它既现实又幻想，既完整又琐碎，既停滞又飞翔，既迷离又清晰。几乎接近童话。

我贫朴的童年是在一册地图里度过的，在物质和精神都匮乏的年代，父亲买来一册一九七四年版《世界地图》，从此它的色彩涂满我的想象。地图像一方童年积木，拆开，组合。就像童年没有一方相同的积木一样，世界上从来没有一幅地图相同的国家。

地图最宜想象，我小时候躺在床上，看到蒙古，金色的元宝。澳洲，一块敦实的土豆。越南，一只打哈欠的细腰狐狸，正面对蓝海，叩响月亮。尼泊尔，一截香肠，晾在世界屋脊。智利，海岸上晾晒的一条海带要飘起来。中国，由一枚海棠叶萎缩成一只公鸡。日本，清晨摊了一地昨夜散乱的麻将。美国，一只膨胀的羊奶，单等奶浆四溢。斯里兰卡，一滴水珠垂落。印度，埋在大海里的一颗萝卜。形状最糟糕的是英国，像一片被海风吹烂的抹布，在大西洋边飘散。非洲、中亚这些国家的风沙太大，干脆拿尺丈量，所以国家都是几何形状，像上数学课。那里地图便是一张张魔毯，坐上传说，飞翔在《一千零一夜》里。阿拉伯半岛则是一把铲子，一个蒙面纱酋长正在煎炒烹炸着那些神奇的传说……

有比我想象还好的，就是"漂移说"的滥觞者德国地理学家魏格纳，他躺在一九一二年的一张郁闷的卧床，面对墙上地图忽发灵感。认为古生代时全球只有一个庞大的联合古陆，中生代由于潮汐摩擦及两极向赤道挤压，使之分裂，逐渐成现在的海陆格局。他的"漂移论"被称为一种荒唐臆想。其实他写的可是一篇大童话。

第一张　地图的范围

无纸时代，人们只有把地图刻在石上、木板上，铸在鼎上。大禹九鼎就是把全国各地山河图形铸上，成为全权象征，九鼎上的图叫"山海图"，后来那部《山海经》是对九鼎图的注释，看图说话，后人牵强为神话。《山海经》空间概念更大，去当一部成人童话读更恰当。

地图虽小，五脏俱全，像瑙鲁、图瓦卢这些国家只有区区二十平方公里，但地图照样得有，上面依然得有五线谱国歌飘荡。有一天老师讲到最小的国家梵蒂冈不足半平方公里，放风筝都不敢随意，唯恐一松手就放出了国境。我就问："那他们敢不敢隔窗往屋外撒尿？"老师的脸马上皱成地图。结果是，我在屋里被罚站。风筝依然在梵蒂冈的天空放。

那么多大地图为最好？这没有统一标准。我说恰当最好。间谍们肯定以地图越小越好，以藏在袖筒里或高跟鞋里甚至牙缝里最妙不过。皇帝、总统、政治家、出版商则认为越大越好。晋时裴秀见到的《旧天下大图》用缣八十匹，唐代贾耽制的《海内华夷图》广三丈，纵三丈三尺，修理一次，得用女娲补天的功夫。宋朝各地每逢闰年都要上报地图，最大一幅是《天下图》，画工用一百匹绢拼在一起制成，由数名粗壮大汉吆喝抬着。这样的地图象征的成分大于实用，已无多少价值，起码在我家桌上是打不开。

凭皇帝的想法，他们一个个一定还想照全国面积复制同样一张地图。因为没有高挂的墙壁和展放的桌子，作罢。

我的结论是：小于一块抹布、大于一张牛皮的地图都不太好玩。

第二张　地图演义

世上名声最大的地图该是荆轲为秦始皇献上的那张，里面有一把刀子。图穷而匕首现。可惜那张图里的时间太短，早早亮出匕首，不含蓄。不然，《史记》就是另外一种写法。

暴政大都对地图感兴趣。那天，荆轲见秦的道具为三：人头、匕首、地图。外加口哨伴奏壮胆。那一时刻，地图就像是地壳，打开，看到地核，最后来一场地震。他一定成了一张令秦始皇一生难忘的地图。

古今中外，一切伟人都是地图狂热者。喜剧大师卓别林演希特勒，表达在地球仪前对世界的贪婪、欲望、张扬。几成卓氏经典。秦始皇也是一个地图的狂热者，公元前221年即位时，他把全国地图都收集起来，成为国家象征。刘邦是个把知识分子帽子当尿罐用的乡村无赖，但灭秦时让宰相萧何入咸阳，第一件事就是把国家地图接收过来，粗中有细。我小时候看戏，土匪进山给山大王献礼，其中最重要的就是地图的一种——联络图。《三国演义》里那个朝秦暮楚的张松，全部资本恐怕就是袖筒里那一张地图了。《西游记》里的妖怪，腰中大都挂一个储存着电脑图形资讯的光盘。

我到十岁还尿床，第二天晒被子，同学在背后悄悄嘀咕，他们竟说我"画地图"。

第三张　地图的画法

绘制地图虽然不需要情节、故事、人物三要素，但一点也不亚于老托尔斯泰写《战争与和平》的费心劳神，且写实程度比虚构小说难度要大。裴秀最早提出"制图六体说"：一，分率：区别地域面积大小的比例尺（不需诗人的夸张）。二，准望：确定彼此方位的方向（千万不能是斜眼）。三，道里：确定人行道里程（不要相信计程车司机）。四，高下：高低起伏（可参考股票走势）。五，方斜：斜正（不可剑走偏锋）。六，迂直：迂回曲直（前途光明道路曲折的说教版）。以上六体互为参考运用，把比例尺、方位、距离三要素与自然表相在地图上结合。这明显和"文学创作方针"背道而驰。从这六体技术上而言，地图算是世上图案最难画的一种。

但是，你拥有这些专业知识并不能立即去操笔画图。等等。还得等一下。

首先是立场问题。中国古代画地图前须考虑体现出"天下""中国""四夷""主藩"以及中心与边缘的安排，区域大小的安排。你不能把皇帝那张龙椅摆到角落，去与鼠洞为伍。就得思想第一，主题先行。实际比例大小以人的感觉为中心概念，这一点看，地图更接近革命现实主义和浪漫主义相结合创作。

我对比过古代地图，宋代《华夷图》画东西各国，日本、暹罗画得很小。到明代，意大利利玛窦开启了地图年代，在华近三十年里绘制十多幅世界地图，使国人第一次知道地球是圆的。中国开始明察世界地理，但仍把别处国家画得如同弹丸小岛，这种空间比例，显出天朝大国的自我想象膨胀。徐继畲在《瀛环志略》的地图中，把中国画得占整个亚洲的四分之三。地图的绘制在调色时更多掺上政治意味和历史记忆。一时地图唤起想象的空间，纸上想象大于现实，国王和总统们都在纷纷创作政治童话。

如果说媒体是社会舆论公器，地图就应是地面符号化的真实镜像，以金钱或感情随意放大或缩小，有点像谈恋爱时头脑发热写的情书。因此地图商和广告商的行为都不可信。

忽然想起小时候听到一个名词"地图苔"，人有病，舌苔不均匀，中医就叫地图苔。但地图长久也要长苔。长苔的国家地图需改革。刮痧。通络。放血。拔火罐。甚至要调换色彩。

第四张　地图的思想

地图是活的。地图上任何一段线条都在匆匆行走，且餐风饮露，跋山涉水。在颜色之间，线条敬业自觉，战战兢兢，如履薄冰，从不敢越国家雷池一步。那些乱麻般的线条在图里寸寸如金，每一寸退缩或延伸都比黄金和鲜血重要。这点又大于变幻不定的情书。

只要有人类意识形态存在，地图就会不断变换更改。结果是地图色彩在变化，出版商在穿梭折腾。

第五张　颜色的革命

地图是文字说不明白的延续，是虚幻空间转变为可触的真实。《史记》年代没有地图，司马迁对色彩不敏感，不会画图，其实他说的那些旧事画几张地图就可交代清楚。在地图上能涂一抹不同的颜色，就当三千强硬文字。地图一次小小的出场，都强似一百倍文字的说明。

地图的颜色、形状既是自然天赋，又是人为后天形成。红黄蓝是三原色，如川剧变脸，地图有多少颜色就开始有多少国家。

三国时代孙权有一种唯美地图，他让江南绣工以刺绣制成，用彩色丝线代替地图的颜色，挂在墙上，阡陌纵横，那感觉像一只飞翔的凤凰。即使在偏安之地，亦一如是在京城。

但这种地图实在是费时费事费资，不易精确，况且刺绣的地图有点像一首刺绣的歌谣，美且不实用，更像现在的结婚证，存放时间一长，七年之痒，定会变质。这就得寻找一种职业的地图颜色。

最早以颜色命名的是唐朝地理学家贾耽，"其古地名题以墨，今州县题以珠"，这种古墨今赤的方法，让时间与空间有了固定颜色，古今交错，这一标准我们至今还在沿用。

但世界之大，两种地图语言远远不够表达，颜色必须繁多，开始有赤橙黄绿青蓝紫，像一个蹩脚画家的调色板，地图开始随着颜色乱套了。

第六张 图例说明和地图灵魂

地图再大，也无非是河流、山脉、湖泊、运河、长城、海岸、关隘、岛屿这些单调的符号组合。但地图是一部带颜色的历史小说，从上面能听到花开鸟啼，风声雨落。

我考证地图产生的原因有二：一是科技发达，需要一张智慧的图案引道。当年哥伦布如果拿一张带毛的牛皮，肯定发现不了新大陆。第二是在世界落后时，一些无聊且有趣的人整天瞎琢磨，不想写文字了，要偷懒，便产生了偷工减料的地图。纵观现在的这一个"读图时代"，世界出版界不就是"字不够，图来凑"吗？

面对地图的色彩、范围，无论如何折腾，花样翻新，地图最根本的要素是要永远精确，这才是地图生命的灵魂，如果一个常胜将军行军打仗，除带一队人马，再带一幅张大千丈二匹《长江万里图》，或石涛册页，即使笔墨再好，水乳交融，肯定实用价值不大，结果损兵折将。

世上所谓纸上谈兵，必须有纸，而且不是一张白纸，必须是一张地图。面对一张上好的驴皮或狗皮，纵然是黄埔军校或西点军校毕业的大司令，也绝对黔驴技穷，口舌结巴。

跋·地图的未来

人们走上地图，想的是地图的前世，人们走下地图，面对的则是地图的今生和来世。

世上大地震、大海啸之后，万劫不复，面对三十年前童年时曾看到的旧地图，面对古人三百年前看到的古地图，我几乎是心惊肉跳，想到若干世纪后，那些漂散的大陆板块依然会重新再漂来，它们梦游一般，像群鲸索源，像浪子回头，像游子归家。地图新的鲜艳，旧的褪色，一块块纷乱交叠，鱼群般喋喋，忽然，最后有一天，又复归于从前同一个板块。

像一块熔化又凝固的大青铜。

冯杰

作家，诗人，画家，中国作家协会会员，河南省诗歌学会副会长，现为河南省文学院专业作家。著有《冬天里的童话》《一窗晚雪》《丈量黑夜的方式》等。

有时身在小人国，有时我是格列佛

阿尼默 / 文

1

我的小手脱离了母亲，一路雀跃到开罗，开罗的沙漠僵硬且没有足迹，驼峰上包着头巾的胡子大叔，手指着金字塔的尖端。

来到爱琴海，烟囱不吐烟的小船上，爱人歌颂爱情。

来到恒河，静止的水面里，有赤裸黝黑的人们，朝拜永恒。

来到巴黎，贵族们漫游在铁塔下，马车的马却不见了。

来到罗马，庆幸真理之口没有咬掉从来就不诚实的我的小手。

小人国里，穿梭在开罗、爱琴海、恒河、巴黎、罗马之间，只需简短的几十分钟。是我幼时对世界的初次体验。

1：25到底是多少比多少？

旅途上，需要以时速九百公里的速度，连续飞行二十五小时，才能到达地球的彼岸。

夜以继日在巴士上睡觉发呆，才能到达下一个城市。

走上一整天的路，换来旧疾复发，躺在床上一星期不得动弹。

世界可以很大，也可以很小。有点不真实，却又常在心中风起云涌。

除了中文我就无法开口，没有语言还是可以旅行，拿起相机摄下这世界，少了嘴巴失去一些，却多了眼睛得到一些。

就让相机zoom in、zoom out，有时身在小人国，有时我是格列佛。

2

一座老宅，斑驳的外墙上嵌了许多窗户，其中最小的窗口，有个男子坐在其中。他脸上的肌肉随着手上的小说情节忽高忽低，皮肤白皙细嫩，且透着光亮，还可以看到毛细孔整齐排列，像极了向日葵的花蕊。

这样的花蕊里许多花粉，学名是细菌，单细胞生物。

一个单细胞生物在八小时之中，可以自行繁衍为百万个。无论怎么洗刷，皮肤上仍有许许多多的细菌。任何时间内，身体上的细菌就跟世界上的人口总和一样多。

一个身体就是一个世界。

3

准备好长时间曝光的技术，我会摄下，天色由白转黑，街灯沿着小路一盏接着一盏亮起，而后灯与月的光辉，就会随着海的波动起舞。我想，这样的画面必定让人感动。

白昼将尽，在我心里演练过无数次的一刻即将上演。

猫儿在脚边磨蹭要糖吃，没糖，不重要。

天空有些冷清，因为野雁早已南飞过冬，也不重要。

夕阳在尽头西沉，原来大海有边，不重要。

漫漫等待后，大地笼罩一片黑，大海失去了温度，月光也出奇黯淡，街灯沉默，人影扶疏。这时才想起家家户户一整天大门深锁。

很多事情完全不能预期，淡季的希腊圣托里尼岛，原来才能体会什么是小说中的天涯海角。

4

时间一板一眼，但有时却难以掌握，于是预定的青年旅馆打烊于巴士到站之前。

夜更深沉了些，依稀的人影，在暖热的鼻息与冰冷的天气间，留下呼吸的痕迹。

目光所及，火车站是个适合收容的场所，反正距离早晨不过几个小时，强健的唇齿还能耐过几个哆嗦。

依着美丽的地名来到这里，车站内的残破却不能相称，新艺术时期的锻铁结构，悬臂托梁大铆钉处处经典，百年来金刚不坏，从天花板直落地面的数百扇窗户，厚厚的尘埃阻挡了站外的风景，玻璃没有一块是完整的，露出的利刃，在月光照耀下闪闪逼人，充满了威胁感。

随便抓个铁道员来问，也许他会说，修也没用，反正很快又会被人打破。

在笔记簿上来不及写完"这是个危险的象征吗？"这句话，三个对面月台的游民，穿越铁轨向我走来，动身处还扬起一片风尘。两个小弟搓揉过敏的红鼻打量着我，中间壮硕的大哥开口就是要钱。索求金额其实不多，也许付了钱他们就会离开，心中的恐惧也就消弭了，但若看到刚从提款机领了未来几天所需的大把钞票，结局也许不同。

我必须用正确的表情传达听不懂他们口中的二百福林，于是最多能给的只有微笑。在心里来不及想完"这是保护费吗？"这句话，幸而他们放弃了无止境的鸡同鸭讲，回到第三月台与长椅同眠。

从布达丘陵的渔人城堡俯瞰佩斯，幽幽的多瑙河划分了双城，又被狮象镇守的锁链桥紧紧联结。

宜人的光线、错落河畔的古迹、点点游移的轻轨列车，都让我百看不厌，倾心的程度更胜美名上的想象。

于是旅程中有了美丽的冒险，要感谢的除了景色，也受助于语言的隔阂。

5

街上的人们，昨天比前天多，明天比今天多。

电车由东向西走，我持着米兰·昆德拉的地图向阳光走。

越接近年节，电车里越是兵荒马乱。

越接近年节，越能在电车站牌不远的垃圾桶里找到空钱包。

失去身份证一张、信用卡两张、旅行支票三张。地图还在手上，遍寻不着其芳踪，也就不能承受这个轻。

6

现代感造型的美术馆里，荧幕影像播放着一只鹦鹉枯燥的生活。

影片最后注解：要教会鹦鹉说话并不难，只要不让它与其他同类同住。因为孤单就会教导它学会很多事。

离开展场，我的眼睛一直没有离开过一位亮眼的中年女人，红礼帽下的网纱盖住一半的脸，白得像雪的皮肤衬托了香奈儿的经典毛料套装。她的颈部缓慢转动着，使得礼帽上的小碎花，像是咖啡杯里旋转的奶泡。她独自一人，仿佛走错了时空。

"Xin chao!"不知什么时候，奶泡已经转了一圈，中年女人正对着我说话。

"Xin chao! I'm not a Vietnam."我说。由于刚刚从越南来到巴黎，所以知道她正用越南语向我打招呼。

"你好！"她接着又用中文向我问好，"你喜欢这个展览吗？"

她一口标准的中文，让我惊讶不已。在我赞叹的同时，她也愤愤地表示中文真的好难，光是与イアロアちムヲォムレル奋战，就让她足不出户一星期。

现在出现在美术馆的她，就是又征服了越南话才外出的。

"你喜欢这个展览吗？"我问。

"嗯！……让我想一想。"

她说这句话的时候，我以为只是短暂的"想一想"，没想到她就这样陷入沉思，脚步也趋缓，偶尔皱了皱眉心，甚至低头闭上眼睛，像在细细回想影片里的每个画面。当她再次抬起头时，已是两行清泪。

"我喜欢这个展览。"她语带哽咽，"它让我想到一些差点忘记的过去。"

她从小就是个孤儿，每当恩爱的夫妻来孤儿院挑小孩，她就会用最灿烂的笑容吸引注意，但被带走的总不会是她，而且钩心斗角的事情是不分地点与年龄的。

直到十九岁的初恋才尝到幸福滋味，爱人是个才华洋溢的作家，曾写过几本小说歌颂她的美丽，虽然不怎么畅销，可未来对她来说像是一轮前所未有的皎洁明月。

他们结了婚，她怀了孕，在临盆之际却找不到丈夫，于是独自前往医院，小孩顺利生产的一小时后，接获了丈夫车祸身亡的消息，从这家医院赶赴到另一家医院，一天之内游走生的喜悦与死的悲伤。

现在想起来都不知道怎么度过那一天的，但事情不仅仅如此。

后来发现留在医院的小孩被搞错姓名的糊涂护士抱给了另一对夫妻，从此下落不明。几经调查，听说小孩到了日本，于是她开始学习日文寻亲。日文学会了，小孩依然没有着落。

她自然地学习起其他的语言，陪她度过漫漫的岁月，并翻译了丈夫的小说，从中安抚了思念，填满稿纸的速度总要比太阳西下的速度快些，这才不会让庞大的孤单感占据她的心。日子过去，一百八十二本十四种语言的小说在世界各地叫好叫座，这是她丈夫留给她最棒的遗产，但这已经过去了二十七年。

"孤单就会教导它学会很多事。"她喃喃道起刚刚在美术馆里，看到的影片中最后的注解。

除了语言，她热爱艺术，却一直不能适应其中一向敏锐、不说好听话、不粉饰太平与挑衅的坏习惯。

7

不知怎么了，玩着玩着妹妹就哭了起来。

白色婴儿车上的假小孩小脸一震，妹妹对它呼了个巴掌。

姐姐见状也哭了，也对粉红婴儿车里的假小孩动粗。

妹妹抱起白色婴儿车的假小孩，高举过头，看了姐姐一眼，作势摔死它。

姐姐抱起粉红色婴儿车的假小孩，高举过头，不看妹妹，摔了。

没死。

妹妹哭瘫在地上，怀里有自己与姐姐的小孩。

姐姐忽然跑走，回来时手里多了一个罐子。

罐子里拿出糖果，妹妹一口，白色婴儿车的假小孩一口，粉红色婴儿车的假小孩一口。

看着他们吃了好几口，露出满足的表情之后，自己才吃下第一口。

8

铜铃声从远处飘来，小羊们埋头走过，缓慢却还是忙碌。

白羊负责将深雪踏平。

黑羊负责将大家一路上的粪便踩扁。

牧羊犬负责监督白羊与黑羊的工作是否确实。

好险，我只是个自助旅行者。

9

岁月过去，小女孩变成了老妪，换了个地方依旧经营老本行。

遭到亮着灯火的人家拒绝之后，又蹒跚向我走来。

小包0.5里拉，大包1里拉，这么便宜我怎么忍心拒绝。

只是，时间过去那么久，你还是不明白，湿了心的火柴怎么会有人买。

10

凯娣是扒手的小孩，长大后，她自然是个偷窃高手，但同时也必须是个逃亡高手。

这一行有个行规，就是不能偷太多，要是触犯了这个规矩，可不会有"本是同根生"的道理。

凯娣一向循规蹈矩，但不知怎么了，最近的她就是不满足。

"有小偷！"

一位同行这么一喊，引来人们群情激愤。凯娣逃亡在市场与巷弄之间，一名壮汉狠狠地对准她的腹部踹去，她身子一缩躲过这一脚，却吃了另一名壮汉的一拳，这一拳重重地落在眉梢，鲜血流到她的眼睛里模糊了视线，她只好奋力地往阴暗的角落躲藏。她上气不接下气地跑到了一个无人的花园里，却不知有只循着她边跑边掉落的食物而来的狼狗，尾随在后。

狼狗所到之处都散发着口臭，凯娣因而及时发现虎视眈眈的狼狗。她攀越过比她身高高过好几倍的高墙，甩开了狼狗，却也失去今天的食物。

其实，对矫健的她而言，平常时候肯定能在这些小case中全身而退，但她近日心情沮丧，影响了她的大好身手。

她听人家形容过这种状态，也许是罹患了别人口中的"产后忧郁症"。

小孩柔软地躺在她的怀里，小孩越柔软她就越忧郁。

她看着自己的小孩，想了很多事，思考她与孩子之间的关系，甚至责怪起自己为何会怀孕。

在这个环境里，小孩何其无辜，她避免不了风餐露宿的生活，保护不了他们，也无法拒绝大大小小的恐惧。

更何况，她确定孩子终究无法好好长大，一定会在别人的脚下或嘴下早夭。要真如此，她会无法承受这是她造成的结果。

于是她兴起一个可怕的念头，与其看着孩子命丧他人之手，不如亲手结束孩子的生命。

隔天，水沟里漂浮着四只幼猫的尸体。

11

路上，鸽子直接衔接我撒向天空的面包屑，抢食时惊动来更多鸽子，甚至差点啄了还握着面包的手。

一只紫色羽毛的鸽子，在远处盘望，尝试着加入战局，但却总是被排挤在外。我撕了一大块捏成圆球，用力往它的方向丢去。这个大动作，吓走了一些不愿被打死的鸽子，却也留下一些不愿饿死的。

紫色鸽子有些默契，一头奔向为它准备的面包，却沉沉地栽入寒冷的河水中，扬起不小的波澜。

等不到它上来，我便带着后悔离开，回程又经过此处，它的尸体紧贴着岸边，脚上系着一张纸条。

一封资深游子的家书。

阿尼默

台湾作家。

用枪的时机

李顺仪 / 文

疯子手上挥舞着菜刀，你后退……再后退……疯子一阵猛砍，你一个趔趄竟跌进水沟里。枪呢？枪呢？你在地上摸索，却只摸到一根竹竿，疯子举起菜刀再向你扑来，咔嚓，你听到菜刀狠狠砍在竹竿上，啊！你感到头痛手麻，一阵晕眩就从床上跌下来。枪呢？枪呢？

啊，这样的梦境起源于你曾经路过凶杀现场，两个男人拿刀互砍，众人发现穿着警察制服的你，一阵呐喊，你却手足无措，愣在当场。那时你刚自警校毕业，此后，这样的梦境就紧紧跟随你……

面对它，接受它，处理它，放下它。怎么可能放下它啊！为了处理它，你于是去参加维安特勤中队，接受你是一个警察，随时都得面对歹徒的事实。

那时你就快当爸爸了，你的老婆虽不反对，却郁郁寡欢，你怀疑她得了产前忧郁症？你望着准备妥当的婴儿床、纸尿布、湿纸巾、棉花棒等这些小东西，你安慰她，参加维安特勤中队多两万元加给，两万元哩！

初来乍到，你们队长说：你是要十二个人帮你打官司，或者六个人帮你抬棺材。合法用枪，正确用枪，准星、照门成一直线，食指轻轻扣下扳机……

砰！你常想，当疯子手上那把菜刀咻咻砍过你耳际，劈过你肩膀，剁向你手臂、手指，一步一步召唤死神前来时，你会开枪吗？何时开枪？打哪里？你们教官总是提出很多案例来质问你们。拔枪，开保险，扣扳机，你知道动作要一气呵成采取快速反应射击。然而，只要回到梦境，那梦境就变成蒙太奇……你一再扣扳机，一扣，再扣，却扣不出任何一颗子弹。你不解，为何梦中的你老是忘了开保险，为何你已经接受严格训练，却还一直重蹈相同梦境，相同错误，你摸到一根竹竿，疯子扑来，咔嚓一声砍断竹竿……

你从梦境醒来，你陪着老婆去产检。超音波底下，你看到一个小生命努力伸出小手，张开五根手指头对你挥挥手。你感受到生命的喜悦，六个月的胎儿已经会滚会踢了，他在一条脐带联结下渐渐长出头、手、心脏和血管，流着你的基因，长成独立的生命。

嗨，生命是一种奇迹。唉，死亡却太荒谬。

你受过维安训练之后来到派出所，你来不及施展身手，就先叩见死亡。你们在猪屠口一间茶行布线，和精通人脉的黑面老板在黑暗的小房间窃窃私语猪屠口连连的帮派火并，忽闻外面有人大声咆哮：黑面仔在哪里？黑面仔给我滚出来！黑面老板闻声立即二话不说遁入房间密道里，徒留阵阵乌龙茶香。你的学长认出是竹联小三的声音，他皱皱眉、抿抿嘴，按住你，起身推门走出去，你听见他说：小三！枪放下，你们三人统统枪放下！接着你听到串串鞭炮的声音，混着血腥味、硝烟味袅袅入房间，你听到屋外有人说：哼！戴帽子的有什么了不起。

你感觉房间在震动，就像你第一次隐隐约约摸见老婆肚里的胎动，生命要在子宫成长，但不能不走出子宫啊！你勉强走出黑暗的小房间，眼瞳里有光线渐渐活起来，你看到你的学长四肢摊开地上，皱眉、抿嘴，对你似笑非笑，你看见他脑后有点点的脑浆喷溅。

那天，你忘记是怎么回的家；那天，你忘记是怎么到的医院。

早期破水，合并宫缩，连连意外像一头蛰伏的猛兽突然向你扑来，你在躲过死亡的攻击之后又接连遇到老婆可能早产。早产儿可能的后遗症：失聪、失明、肠胃无法蠕动、不能自主呼吸、感染、引发败血症死亡……你在空调房里冷汗直流，你呆立产房走道听见重重帘幕传来哎哟哎哟的呻吟声。啊！生与死，自有其节奏，奈何，奈何，奈何老婆在啃完一只鸡腿之后忽然肚子发痛，下体水……你躲过一场枪战，赶到医院，你期勉自己，定，静，安，虑，得，这是关老师强调的心理卫生啊！但，智者千虑，必有一失；得，失，完全系乎"机会"与"命运"。例如当初你如果及时伸出双手按住学长肩膀要他再等等，再等等，也许结果就不一样了。

怀孕有风险，老辈人总说：生得过，烧酒香；生不过，四块板。如果儿子和老婆不能两全，那么你要抢救谁？你们常训教官经常对你们爆粗口：你们这群猪，哼，别以为你们因公殉职就可以领到几百万，这是你老婆的嫁妆，届时你老婆领到这几百万，就去和别的男人过！

谁愿意枕边人为自己唱哭调啊……但死亡无所不在呀！也许一通电话，死神就被悄悄唤来。你记得有次你们以优势警力围捕歹徒，眼见歹徒逃逸无门，弹尽粮绝，枪支扣不出任何一颗子弹。哈，贼星该败，你一个身经百战的同事挥手示意大家由侧门攻坚，他率先像只地鼠匍匐前进企图避开猫的耳目，此时，手机响了，一通电话铃声暴露他的行踪，叮叮当……叮叮当为他敲响丧钟，啊，任歹徒也想不到自己手上那支已经秀逗的枪，竟还能射出子弹……

没有，你同事的老婆没有去和别的男人过，她为自己建造一座贞节牌坊，独立抚养四个小孩。

枪战现场无论如何得关手机，不能打喷嚏、不能咳嗽、不能放屁、不能……

太多太多的不能，只有一种可能。

子弹会转弯。

若是子弹不会转弯，你的伙伴就不会一命呜呼。你记得他身穿防弹衣、头戴防弹头盔、手拿防弹盾牌追缉歹徒进入死巷底，为了安全，他背靠一堵墙。岂料，一颗从高处射下的子弹打在墙上，反弹斜角，自他腋下防弹衣空隙钻入他心脏。

你需要一袋脐带血，如果儿子早产的话。

高位破水，还好，只要子宫不再受压迫，保住羊水就能保住儿子。

你记得台风来的前一天，风微微，这胚胎成长的小生命忽然不在羊水里继续漂浮、翻滚，他潜在黑暗子宫的一角瑟缩颤抖。啧啧，你隔着老婆肚皮惊觉这小子竟然和你一样具有超乎雷达敏感的神经，难怪他会急于逃离子宫呀！

那一晚，台风来临前，你在路边实施车检，一部黑色轿车急急驶来急急停下。你用手电筒往车内照去，依稀只见几道人影，你敲敲车窗，车窗缝隙微微降下，停住。你于是再叩叩车窗，终于，车窗完全降下，一个妙龄女郎伸出头来笑笑对你说：嗨，警察先生辛苦了！你来不及颔首答礼，就瞥见一支长枪悄悄瞄准你。

你抬头，看见一轮明月高挂天空，却忽然有乌云掠过，你看着层层乌云在天空翻腾，啊，台风要来了，你深深吸一口大气，看看月亮，挥挥手，催促那部轿车尽快尽快离去。

那是你永远的秘密！你是维安出身的啊。太逊，太逊，你这个铁汉竟然常常失眠，你不确定是不是不正常的轮班坏了你的生理时钟。难睡、多梦、易醒、似睡似醒总是浑浑噩噩恍恍惚惚感觉阳光一寸一寸走进来……老婆说：你就不要想太多嘛。

你想太多吗？是啊，你应该忘记那通夺走你同事老命的电话，竟是他老婆打来的，她约他下次两人一起放假无论如何一定要带小孩出去走走。

不要再想了，你想呼求：上帝啊，不必为我分担五百斤，请赐我一夜好眠吧。

医生说，你根本没病呀。胸闷、胸痛、心悸、喘不过气，这勉勉强强算是"过度换气症候群"啦，你只要放松心情，学着练习呼吸，学习运用纸袋慢慢吸气、吐气就好了。

过度换气？可是，你只要走出房间，呼吸就变顺畅啦！是哦，医生改口说，那你肯定是患了"幽闭恐惧症"，这恐怕得借由催眠治疗才有效。你去看中医，中医说你其实是肝火旺盛，首先最重要就是改善体质啦！

一日三帖，科学中药，一段期间，仍无好转。你依然害怕进入密闭空间，尤其是电梯，后来，你干脆舍电梯而走楼梯，因为，那里，每一层楼每一转角至少都有一盏灯，冲上，跑下，至少会比别人多出几秒钟，多出一些命运或机会。你不但害怕没有窗户的空间，也怕黑，怕暗。你和你同事去查案，循着阶梯，转去甬道，走向长廊，手指敲敲出租套房，开门，忽然眼前一黑，有人高喊，"戴帽子的来了，快关灯！快关灯！"漆黑中，你听到杂沓的脚步声、跳楼声、摔倒声，以及不知从何而来咻咻乱窜、乱跳、没有出路的子弹声。

根据教战守则，进入黑暗空间应立即掏枪，寻找掩蔽，争取千分之一。糟！果然，你见到一支黑枪在黑暗中对准你，砰！你的同事先下手了。可是，打开电灯，操，那是一支假枪啊！请问，这样有符合正确的用枪时机吗？你同事焦急地问你，有哪一条法律是允许我开枪的？我，我们，要怎么说啊？

这样有符合比例原则吗？这样是大炮打小鸟吗？

哼，大炮就一定打得到小鸟？啊，你的脑海浮起一双战斗皮靴。

你们沿着公寓顶楼逐级而下，震撼弹为你们开路，催泪瓦斯做你们前锋，你们自以为已经制伏小鸟，然而，小鸟躲在浴室内，小小的一角隔绝震撼弹的狂嚣，莲蓬头冲去小鸟眼底的催泪瓦斯，当浴室的大镜子出现一双一双战斗皮靴时，小鸟举起冲锋枪……

你们有人伤亡，有人粉碎性骨折，而一颗子弹打在你盾牌，弹过你喉咙，距离你气管只有0.1厘米。

歹徒自杀。你们进入现场，一个小男生对你说：你们打死我爸爸，将来我一定要报仇。

呵，你也快当爸爸了。

当爸爸心情如何？你来不及多想，忽闻外面有人大喊：我女儿中枪了！你看到一个赤脚男子抱着一位全身瘫软的小女孩跑出巷口，穿过马路，推开围观的人群，沿，路，滴，血……

上帝作弄人，老爱在人面前掷出乱码，机会、命运，叫人无从选择更不知如何是好。明明你胸闷、胸痛、呼吸不顺、四肢无力，为何偏偏医生说你只是自律神经失调，老是开给你安眠药或肌肉松弛剂。

为了那个被误伤的小女孩，你和你同事相偕进法庭，在那个密闭空间，你不得不忍受一些人对你的包围。端坐法庭的法官问你开枪有没有"学理依据"？有没有掌握正确的"用枪时机"？你，你们，竟支支吾吾不知从何说起。

正确的用枪时机？是呀，你知道，那样才能保护你，所以，当你取缔酒醉驾车时，无论那些醉汉如何挑衅你，你开枪啊！你开枪啊！你不但不敢开枪甚至还担心，枪，会不会突然走火！

法官问你，开枪前有没有先想到后果？你每次用枪时机凭什么？否则仅凭竹竿斗菜刀，岂不是别人的孩子死不完。

你无言以对，唉，法官似乎已经看穿你，看穿你梦境：疯子，菜刀，竹竿；看穿你的病灶不是过度换气，不是幽闭恐惧，是……

　　你记起老婆早产那一天，你的教官说：你是要十二个人帮你打官司，或是六个人帮你抬棺材……

李顺仪

台湾作家。

私读密写，恋人絮语

杨苾 / 文

    阅读罗兰·巴特的书会害羞，因为他毫不保留。一九七七年出版这本书时他六十二岁，像一位厨师，他把爱情当洋葱一样剥开后调味，但书是为自我（或他的恋人们）而写，所以味道只有他自己知道。如果乖乖地从头看，大概会睡着，那就算了，不要太认真读它。可以在不同情绪下随便翻翻这本书，选最有感觉的片段，也不一定要读懂，感受他说的，读你自己。他解构爱情，你也不要完整自己，他片片段段，你就把自己敲碎。用自己心中的秩序来排列组合，每次阅读时（或每段恋情、每位恋人）都有不同滋味，不同的恋人絮语。

——作者序言

想念

一、想念的痛

想念别具杀伤力，却是恋情里最迷人的情绪。

"想你"是什么意思？这话意味着：把"你"忘了（没有忘却，生活本身也就不成为生活了）以及经常从那种忘却中醒过来。昨晚的那种疼痛，是危险的征兆，我懂的。真正的想念跟想象完全不同，因为认识了生活中的他，因为密集地见面而发现了他的小习惯和缺点……想念因而被发酵，我开始得克制自己打电话的冲动，拨通电话……说？说什么好呢？没有打电话的理由……糟了，我掉进了一个什么里面了。

通过联想，许多事情将你牵入了我的语境。"想你"便属于这种转喻。沉默了几天，就开始怀疑那阵午后的微风是真是假？想念虽然不是坏事，但也不是好事。只能苦笑对自己说，这是一种乐趣，"想念的痛"的乐趣。

因为一直想你所以感冒了吧！全身没有力气，想念下降了抵抗力（我用自己做了实验）。有没有吃药都一样的飘忽，我躺在小舟上有风吹来，海的微波搔弄着我的胸口，无法不去思考单一的句子，"星期六见"，事实上也没在思考，只是重复同一句话，话的本身也无意义，重点在说话的人。整天莫名其妙地笑和苦恼，但都没有确切理由。这种思念是一片空白，我不是始终在想你，我只是使你不断重新浮现于脑海之中（与我忘记你的程序相仿），我称这种形式（这种节奏）为"思念"：除了我这是在告诉你"我没有什么可告诉你的"，其他便没有什么可多说的了。

像音乐主题一样，这一信息不断被变换：我想你。

电话接通了："想跟你借一本书。"（想了三天三夜的理由）真正的话是"想你了"，我在心里说……有一点痛，痛里面加了糖。

恋人才拥有的这种想念（或感冒）是一种任性的权利，因为痛，所以更能够对他温柔。

二、记忆中的

寂寞这件事，一个人的时候永远也学不会。受挫感以情人在眼前为具体形式（我天天看见对方，但我又不因此而满足：恋爱对象实际上就在眼前，而就我心里珍藏的形象而言，她又不在跟前）。恋人感觉情人的心已悄然远离，对方自己却没有察觉。不敢太大声呼吸，怕他就这样从我记忆中消失。情人不在身边是失却的具体形式，我又有欲望又有需要。欲望被需要所挤压：这便是所有恋爱情感中无法摆脱的事实。小腹空空的，我想要你。欲望无时不有，热烈而持久。但上帝立得更高，欲望高举的双手永远无法企及它所渴慕的境界。

凌晨三点，我理智地告诉自己，别再做这种无聊的事了——

等待。对远方情人的思念成了一种积极的活动，一桩正经事（使我对其他什么事都干不成），从中衍生出许多虚构情境（怀疑、怨艾、渴望、惆怅）。爱和时光，都在我手中流逝了。会再回来吗？以前的你，记忆中的你。

我祈求对方的"真实"（只能通过感觉来感受它的存在），使我不致陷入我正在渐渐滑入的疯狂的诱惑中去。我将自己的流俗归咎于对方不在身边：我祈求对方的保护，对方的归来：让对方回来吧，把我带走，就像一个前来寻找自己孩子的母亲那样，离开这个花花世界，离开这些虚情假意，让对方替我恢复情人世界的"宗教式的亲密和引力"。在我眼前，你做着跟从前一样的事，倒茶、坐下、开电视……但这个你已经不是你，我可以感受那微小的差距。

恋人是剪接师，可以把每秒又分成六十格，并分辨出其中微妙之处。

三、分手后的

分手之后，为了怕自己想起你，把所有的东西全部封箱。有一天，我将回忆起那情景，我将沉浸在过去之中。经过很长一段时间的某一天，突然想起你……

现在想起来的这些情境变得很美好。"我们一起度过了一个美妙的夏天，我常去夏洛蒂的果园，爬到果树上用长长的摘果竿采高处的梨子。她就在下边，接着我递给她的果子。"维特用现在式讲述这一切，但他描述的画面已经担负起回忆的使命。在这现在式的背后，是未完成的过去式在喃喃细语。

恋人的回忆是美化过的。面对恋情时，现实问题是最重要的事，但回忆恋情时，现实的问题反而最微不足道（所以会有这样的念头：如果那时再坚持一下就好了）。仿佛我回忆起来的只是时间本身，仅仅是时间；这是无迹可求的香味，一点儿回忆，一股清香；这是纯粹的消费，只有日本俳句才能表达。

这种想念是温暖的，通过这种想念，我终于可以处理那一箱东西，丢掉或留着，有多少欢笑和泪水的重量，已经不是重点了，因为爱意还在，但回忆（现实）已经烟灭……

铭刻

铭刻对方被纳入一种活动，那是比签名深刻得多的印刷：对方被刻入文本，在那里留下多重印记。"对方"并不开口，但他却在每一个爱他的人身上都刻下了印记——导致了数学家称之为"灾变"（一个体系对另一个体系造成的扰乱）的东西。

中学的时候，有几个同学，流行用刀片在手腕上刻恋人的名字。结痂之后，手上会有恋人的名字出现，快好的时候再刻，就是不让伤口愈合。以前以为这是铭刻，后来发现不是，因为换男友后，刻的字就换了。

真正的铭刻：某一个午后，一只突然出现的蟑螂，他追逐那只蟑螂，她看着笑了。分手过后三十年，每次打蟑螂时，都还是会想到她。

这幸福是一去不复返了。回忆使我满足，使我悲伤。未完成过去式是诱惑的时态；貌似生动，实际并不真动；未完成的实在，未完成的死亡；既没有遗忘，也没有政治；有的只是记忆的诱饵，搞得人疲惫不堪。每天写日记时，一直以为自己在铭刻你，不，分手三年后，突然收到一封电子邮件，主旨是：过得好吗？看了五秒，不小心删掉了，发了十分钟呆，发现自己只看了五秒钟，但发信人的地址已经忘不了了。

原来如此，终于懂了铭刻的含义。由于情景急于充当一个角色，从一开始就处于回忆状态。往往在情景正在形成的时候，我就已经感觉到并预见到这一点了。这幕时间的戏剧恰巧与追寻失去的时间相反。

（歌德笔下的维特在爱上了夏洛蒂之后，根本作不出一幅她的画来，原因就在于他陷在情感中没有脱出身来，因而也就无从确切地表达他的感受，如果写作时的歌德是"实实在在"的恋人，那我们恐怕也就读不到"维特"这样的作品了。——译者注）

实实在在的恋人无法真正地表达感受，因为无法保持距离。时间和回忆增长了距离，让恋人能够更深入那一段恋情，而体会了更多的事……原来要懂铭刻需要时间的累积。

独白

独白是一种自我探索和自我理解，例如哈姆雷特一直试图在独白中寻找自己。

死相（死前独白与恋人独白，死相与恋人的孤独）。

何为英雄？最后说话的人。谁可曾见过一个在弥留之际一言不发的？放弃最后发话（不想争辩什么）便属于一种反英雄的价值观念。武侠片、舞台剧、布袋戏……死者爱说很久的话，大都是独白，"明室"路易斯·拜恩静待上吊时，亚历山大·加尔得内为他拍照。罗兰·巴特说："重点是：他将要死去。我同时读到：这将发生，这已发生。我心怀恐惧，观察这以死亡为赌注的过去未来式。相片对我显示了意定姿态的绝对过去式（不定过去时），且意指了未来式的死亡。"

如果摄影师有跟路易斯·拜恩说话，那他的话已经是亡魂的话了，他虽然活着，但他已经死了。拍照时他活着，他是用死者的姿态在拍照。哈姆雷特在死之前独白了很久，生者跟死者的角色在此时是混淆又重叠的，我们听到的是伤痕累累的亡魂的话语，看到的照片是灵魂的形象。

恋人也爱独白……

恋人等待恋情的死亡（结束），并且觉得恋情的生跟死同时进行着。已经是那种可以让别人将他从我身边硬生生抽离的程度了，为了那一刻的到来，我已经准备好了。恋人独白也交错着两种时空，爱用未来式来独白，例如：如果我离开你、如果我走了……早在苏格拉底之前，是对白（两个演员之间的斗嘴）恶化了悲剧。独白被推到了人性的边缘：古代悲剧，精神分裂症的某些症状，恋人独白（至少当我"一味地"沉溺于自己的谵妄之中，不想与对方斗嘴时）。

死前独白、恋人独白、死相、孤独，都同时交错着生和死。早期的演员，精神病患者和恋人似乎都不愿主宰话语。哈姆雷特是最棒的例子，他反英雄、他是恋人、他是精神病患者，而且他独白……

受了伤的恋人冷眼旁观自己的恋情，静静地等待它完全结束的一天，但心却还有说不完的话，因为恋人拥有了创伤。

絮叨

絮叨的恋人有创伤，是精神病患者。絮叨……指一个人老是在絮絮叨叨，不厌其烦地纠缠自己创伤的痕迹或某一行动的后果：恋人絮语的一种鲜明的方式。

一、骗子——妈妈

我更能意识到一架自行运转的机器，一架永不沉默的手摇风琴，摇手柄的是一个颤巍巍不知名的过路人。一旦唠叨起来，反反复复，颠来颠去，怎么也刹不住。唠叨很自恋，因为一直想着自己，跟妈妈的唠叨很像，妈妈觉得我是她生的，我是另外一个她，但我也是她。所以妈妈和恋人都用爱来制约我。

恋人的表述使对方窒息，使他／她也在这口若悬河的宏论中找不到插话的空当。这并不意味着我在阻止他／她说话，而是因为我知道巧妙地运用代词："我说，你听我说，所以我们存在。"我说，你听我说，所以我们存在……多高级的骗术，我照着念几次就相信了，你的话原来是我存在的理由，我原是从你身上抽离的，不管是妈妈或恋人，我都不想离开。恋人的独白可以写成一整本书，例如《洛丽塔》，这句话根本就是亨伯特和妈妈专用的骗语，恋人都是骗子。

对方则因为不得不保持沉默而变得面目全非，就好像在有些噩梦中，我们所爱的人下半边脸完全给抹掉了，没了嘴巴。而我则因为不停地说话也同样变得面目全非：自言自语把我弄成了个鬼怪，一个巨大的舌头。恋人是百鬼夜行里的两种鬼怪：无嘴女和大舌怪。

二、疯子——日记

恋人也是疯子，"爱情让我想太多。"有时仅仅一点鸡毛蒜皮的小事就会触发我语言的昏热，种种推断、解释、发挥纷至沓来。爱情让恋人发疯，有些人只对自己唠叨、碎碎念，有些人写成书（例如《恋人絮语》），有些人写日记，日记对恋人来说非常重要，例如纪德有着惊人数量的日记，邱妙津好像把她的生命都写进日记里。

有一次偶然想到一个"恰切"的措辞（在这种情形下，发现一个恰切的字眼就像发现真理一样），这个措辞便成了一个程式。我翻来覆去地叨念着它，越叨念就越觉得舒畅了许多（找到妙语真叫人痛快）；我不停地咀嚼，吸吮它；像孩子或患反刍症的白痴一样，我不断地吞下自己的酸楚，然后又不停地反刍它。

絮叨症的恋人则不断地抚弄自己的创伤。

因为日记是唠叨，因此数量像雨一样惊人。但不论在写的时候，看的时候，都像在自虐，恋人根本也不想看，因为都写笨事……有些事平淡乏味，一写到就让人气馁："我碰到了X……有Y陪着……""今天X没有打电话给我""X……的心情不好"等等。有谁认为那是个故事？微不足道的小事只能靠着它引起的巨大反响而存在，那是记录我的反应的日记（我的忧伤、快乐、解释、理智以及我的心猿意马等等）。有谁能理解这些东西？恋人的日记，就是一部眼泪的历史，患絮叨症的恋人则不断地抚弄自己的创伤。

或者恋人在日记里变成会计师。强制手段：我要以一种异己的语言来分析、认识、表达，我要将我的痴癫展示给我自己看。我想"正视"到底是什么将我分裂肢解。看清你的蠢态……要有清楚的认识，不正是要剖开人的形象，拆解"我"——这个执迷的机体吗？

理解。恋人忽然发现恋爱是由许多无法理解和百思不得其解的头绪纠成的一团乱麻，他失声呼喊："我想弄明白（我这是怎么了）！"因为很多事弄不明白，所以我在日记做出我们两人之间的现金流量表、资产负债表。可是不管怎么统计，我都觉得我很穷。这家公司以爱情作为期货，买空卖空，是虚幻的，要倒不倒的。恋人的日记像百鬼夜行，一路都在喊：好饿啊！因为恋人的心里空空的。

关于恋人的独白，都是自己在演戏……独角戏。我在扮演一个角色：我是止不住要哭的人。我又是为自己在扮演这个角色，恰巧是这点使我潜然泪下：我就是我自己看的戏。但是这样的喃喃自语，其实是到不了什么地方的。

维特写信给夏洛蒂，向她描绘自己将来告别人世的情景："此刻，我像一个孩子似的失声痛哭，我说给你听的这一切太感人。"不管什么形式的絮叨，对方有没有感觉？不知道，可是恋人自己都很有感觉。

巧合与预兆

巧合是一种预兆，恋人喜欢这个说法。第一个巧合是我们都有同样款式的黑色外套！要在成千上万个形象中发现我所喜爱的形象，就必须具备许多偶然因素，许多令人惊叹的巧合（也许还要加上许多的追求、寻觅）。

巧合是一片桃花源入口处的迷雾，恋人刚好闯进去，这当然有某种神秘的机缘。今早出门时有一整群的落叶打在我身上，止不住的幸运就是一种预兆，结果我迟到了，你也迟到了！事情虽小（这类事从来都是琐屑的），但却引出了我所有的语言。我立即小题大做，似乎这类事由类似命运的力量在冥冥之中一手造成。铺天盖地将我罩了个严严实实。无数的细枝末节这样一来便会编成一个大黑幔，玛雅之谜的黑幔，幻觉的、意义的、语言的黑幔。我开始竭力从发生的事中理出头绪来。

理不出来，因为这些巧合本身就是一种迷幻药，我根本招架不住。休息时有人闲谈说你爱喝某牌的茶，跟我一样，我于是把它收集在心里。像白天某个思绪在夜晚梦中化为众多意绪纷至沓来，经意象库的充实，这桩小事催发了恋人的絮语万千，一发不可收拾。这根本就是神的旨意，就像我第一次看到你，就觉得我梦见过你⋯⋯

这些偶发的事件⋯⋯纯属偶然。按说我并不是被这事的原委搞懵了，让我耿耿于怀的是其中的肌理脉络。我突然意识到我们之间的迷雾翳障被揭开了，露出了其中的曲折、隐患和僵局⋯⋯巧合会有周期，那段时间很特别，充满粉红色的灵光。当那周期一过，恋人发现根本没有巧合，预兆都只是自己的解读，轻柔的阿卡贝拉突然响起杂乱没有秩序的音乐，现实的混乱。

巧合是恋人内心一种喧哗，开始寂寞，结束也寂寞。

为什么？

为什么？

为什么？是恋人发出来的，最……"可爱"的叹息。（可爱可以替代的词包含，烦人、讨厌、真实、趣味、悲伤、自卑、无意识……可爱？）

身为恋人一定要问为什么，一直到有一天不再问了……很久以后，再次回想起那段恋情时，更能体会当时追问他"为什么？"时的趣味感（觉得自己当时真可爱）。所以，还在问为什么时，表示恋情还在继续。

为什么——尽管他一再自问，为什么自己得不到爱，恋人仍相信他心上人是爱他的，只不过是不愿意说出来罢了。

你为什么不爱我？哦，告诉我，我心上的人，你为什么抛弃我？对我来说，有一个"更高的价值"：我的爱情。我从不对自己说："这有什么用？我不是虚无主义。我也不为探讨目的性的问题伤脑。"在我单调的话语里，除了个别例外，几乎全部都是：但你又为什么不爱我呢？爱情将我造就得如此完美。

很快（或同时），"你为什么不爱我"这个问题变成了"你为什么仅仅只给我那么一点点爱？"你怎么能够做到仅给一点点爱？

再就是——因为我是唯名论者，我又得问：你为什么不告诉我你爱我？

你为什么可以控制自如？在冷淡和热情之间？为什么你可以没有我而我不能没有你？我在每个环节追问你为什么，你知道吧！是因为我太在乎你（恋人连问问题都有借口），所以请不要敷衍我，请认真回答我。

而事情的真实是——这真是个绝大的悖论——我从未怀疑过我是被爱着的。我的欲望托形于幻觉，给我留下创伤的不是怀疑，而是情人的负心：而只有恋爱的人才谈得上负心，只有相信自己被爱着的人才会嫉妒：而对方动不动就负于自己，不爱我——这正是我所有悲哀的根源。

一天，我忽然领悟了我的生活是怎么一回事：我过去一直以为我是因为没有得到爱而痛苦，而实际上是因为我以为爱人是爱我的而痛苦。

恋人是这样的，有奇妙的自信同时又有奇妙的自卑，所以心里其实觉得拥有情人的爱，却又怀疑情人的爱。都是因为爱的关系。

恋人与书写

心满意足意味着毁灭遗产："……快乐根本不需要继承者或者孩子——快乐只需要它自己，需要永恒，需要相同事物的重复，要一切都保持原状。"——心满意足的恋人压根儿不需要写作、传达和创作。

心满意足？城市的恋人没听过这个词，有想象过。不书写的恋人在城市里是一种奢求，整座城市到处是潘多拉给恋人们的礼物——罪恶、嫉妒、怀疑……漫天飞舞。"希望"在哪里？寻人启事，恋人在找他。在这个像迷宫的现实中，转一个弯很可能就碰到意外，在他眼里世界不再是现实的了，因为他在幻觉中同时看见了自己爱情的种种离奇曲折和幻境。所以恋人不能停止书写，恋人住的城市叫索多玛城，没有回头看的机会。

所以恋人写的东西，叫恋人絮语，是片段，很轻，心空空的有一个洞，因为肉体和心灵都留不住重量，所以恋物，以留住一点重量，然后保持距离，然后坐在咖啡馆隔着玻璃窗看雨。

散步

或者……要是愿意的话，走三公里聊三公里。

恋情的美好，存在于恋人们用心体会的时间、轻风、微笑里。一杯开水，就喝出了这段恋情的美好感受，散步也是。

最棒的情景，二人散步，并不特别交谈，看到路上有趣的事，才示意对方，不然就各自感受……也许天气很冷，也许有阳光，也许下着雨，也许流了汗，都无所谓（有风有雨也是一种好天气，这就是爱情）。

散步，是一种爱的邀约（看电影不是，看电影各自沉浸在剧情里，但散步让恋人结合），或者……要是愿意的话，走三公里聊三公里？散步的美好，就这样一直走下去，一直走下去……或许还是会结束吧……但是爱会一直继续……

　　因为恋人都是漂泊的荷兰人，爱的故事是说不完的故事。

杨苡

台湾作家。

王羲之兰亭序

蒋勋 / 文

历代尊奉为"天下第一行书"的《兰亭序》只是欧阳询、褚遂良的"临本"，或冯承素的"摹本"，都只是"复制"，《兰亭序》之美只能是一种想象，《兰亭序》之美也只能是一种向往吧……

王羲之在中国书法史上或文化史上都像一则神话。

现在收藏在台北故宫博物院和辽宁博物馆各有一卷《萧翼赚兰亭图》，传说是唐太宗的时代首席御用画家阎立本的名作，但是，大部分学者并不相信这张画是阎立本原作。

然而萧翼这个人替唐太宗"赚取"《兰亭序》书法名作的故事却的确在民间流传很久了。

唐代何延之写过《兰亭记》，叙述唐太宗喜爱王羲之书法，四处搜求墨宝真迹，但是始终找不到王羲之一生最著名的作品"天下第一行书"的《兰亭集序》。

永和九年三月三日，那一天——

兰亭在绍兴城南，东晋穆帝永和九年（公元三五三年）三月三日王羲之和友人——战乱南渡江左的一代名士谢安、孙绰，还有自己的儿子徽之、凝之一起为春天的来临"修禊"。"修禊"是祛除不祥邪秽的风俗，也是文人聚会吟咏赋诗的"雅集"。在"天朗气清、惠风和畅"的初春，在"崇山峻岭、茂林修竹、清流激湍"的山水佳境，包括王羲之在内的四十一个文人，饮酒咏唱，最后决定把这一天即兴的作品收录成《兰亭集》，要求王羲之写一篇叙述当天情景的"序"。据说，王羲之已经有点酒醉了，提起笔来写了这篇有涂改有修正的"草稿"，成为书法史上"天下行书第一"的《兰亭集序》。

《兰亭集序》是收录在《古文观止》中的一篇名作，一向被认为是古文典范。这篇有涂改有修正的"草稿"也长期以来被认为是书法史上的"天下第一行书"。

王羲之死后，据何延之的说法，《兰亭集序》这篇名作原稿收存在羲之第七世孙智永手中。智永是书法名家，还有许多墨迹传世。他与同为王氏后裔的慧欣在会稽出家，梁武帝尊敬他们，建了寺庙称"永欣寺"。

唐太宗时，智永百岁圆寂，据说，还藏在寺中的《兰亭集序》就交由弟子辩才保管。

唐太宗如此喜爱王羲之书法，已经收藏了许多传世名帖，自然不会放过"天下第一行书"的《兰亭集序》。

何延之《兰亭记》中说到太宗曾数次召见已经八十高龄的辩才,探询《兰亭序》下落,辩才都推诿说:不知去向!

萧翼赚《兰亭序》

唐太宗没有办法,常以不能得到《兰亭序》为遗憾。大臣房玄龄就推荐了当时做监察御史的萧翼给太宗,认为此人才智足以取得《兰亭序》。

萧翼是梁元帝的孙子,也是南朝世家皇族之后,雅好诗文,精通书法。他知道辩才不会向权贵屈服,要取得《兰亭序》,只能智取,不能胁迫。

萧翼伪装成落魄名士书生,带着宫里收藏的几件王羲之书法杂帖,游山玩水,路过永欣寺,拜见辩才,论文咏诗,言谈甚欢。盘桓十数日之后,萧翼出示王羲之书法真迹数帖,辩才看了,以为都不如《兰亭序》精妙。

萧翼巧妙使用激将法,告知辩才《兰亭序》真迹早已不在人间,辩才不疑有诈,因此从梁柱密函间取出《兰亭序》。萧翼看了,知道是真本《兰亭序》,却仍然故意说是摹本。

辩才把真本《兰亭序》与一些杂帖放在案上,不久被萧翼取走,交永安驿送至京师,并以太宗诏书,赐辩才布帛、白米数千石,为永欣寺增建宝塔三级。

何延之的《兰亭记》记述辩才和尚因此"惊悋寻卒"。
"惊"是"惊吓"，"悋"是"惋惜"，辩才被萧翼骗去《兰亭序》，不多久，惊吓遗憾而死。

何延之的《兰亭记》故事离奇，却写得平实合理，连萧翼与辩才彼此唱和的诗句都有内容记录，像一篇翔实的报道文学。

许多人都认为绘画史上的《萧翼赚兰亭图》便是依据何延之的《兰亭记》为底本。

五代南唐顾德谦画过《萧翼赚兰亭图》，许多学者认为目前辽宁的一件和台北的一件都是依据顾德谦的原作，辽宁的一件是北宋摹本，台北的一件是南宋摹本。

唐太宗取得《兰亭序》之后，命令当代大书法家欧阳询、褚遂良临写，也让冯承素以双勾填墨法制作摹本，欧、褚的临本多有书家自己的风格，冯承素的摹本忠实原作之轮廓，却因为是"填墨"，流失原作线条流动的美感。

何延之的《兰亭记》写到贞观二十三年（公元六四九年）太宗病笃，曾遗命《兰亭序》原作以玉匣陪葬昭陵。

何延之的说法如果属实，太宗死后，人间就看不见《兰亭序》真迹，历代尊奉为"天下第一行书"的《兰亭序》只是欧阳询、褚遂良的"临本"，或冯承素的"摹本"，都只是"复制"，《兰亭序》之美只能是一种想象，《兰亭序》之美也只能是一种向往吧！

行草，行书与草稿的美学

《兰亭序》原作真迹看不见了，一千四百年来，"复制"代替了真迹，难以想象真迹有多美，美到使一代君王唐太宗迷恋至此。

汉字书法有许多工整规矩的作品，汉代被推崇为隶书典范的《礼器》《曹全》《乙瑛》《史晨》也都是间架结构严谨的碑刻书法。然而东晋王羲之开创的"帖学"却是以毛笔行走于绢帛上的行草。

"行草"像在"立正"的紧张书法之中找到了一种可以放松的"稍息"。

《兰亭序》是一篇还没有誊写恭正的"草稿"，因为是草稿，保留了最初书写的随兴、自在、心情的自由节奏，连思维过程的"涂""改"墨渍笔痕，也一并成为书写节奏的跌宕变化，可以阅读原创者当下不经修饰的一种即兴美学。

把冯承素、欧阳询、虞世南、褚遂良几个不同书家"摹"或"临"的版本放在一起比较，不难看出原作涂改的最初面貌。

第四行漏写"崇山"二字，第十三行改写了"因"，第十七行"向之"二字也是重写，第二十一行"痛"明显补写过，第二十五行"悲夫"上端有涂抹的墨迹，最后一个字"文"也留有重写的叠墨。

这些保留下来的"涂""改"部分，如果重新誊写，一定消失不见，也就不会是原始草稿的面目，也当然失去了"行草"书法真正的美学意义。

《兰亭序》真迹不在人世了，但是《兰亭序》确立了汉字书法"行草"美学的本质——追求原创当下的即兴之美，保留创作者最饱满也最不修饰、最不做作的原始情绪。

被称颂为"天下第一行书"的《兰亭序》是一篇草稿！

唐代中期被称为"天下行书第二"的颜真卿《祭侄文稿》，祭悼安史乱中丧生的侄子，血泪斑斑，泣涕淋漓，涂改圈画更多，笔画颠倒错落，也是一篇没有誊录以前的"草稿"。

北宋苏轼被贬黄州，在流放的悒闷苦郁里写下了《寒食诗》，两首诗中有错字别字的涂改，线条时而沉郁，时而尖锐，变化万千，《寒食诗》也是一篇"草稿"，被称为"天下行书第三"。

三件书法名作都是"草稿"，也许可以解开"行草"美学的关键。

"行草"其实是不能"复制"的，《兰亭序》陪葬了昭陵，也许只是留下了一个嘲讽又感伤的荒谬故事，令后人哭笑不得吧。

蒋勋

著名作家、散文家、史学家。
代表作有《生活十讲》《孤独六讲》《舍得，舍不得》等。

扼口

黄信恩 / 文

嘴巴张开。

啊。再大一点，不行，舌头挡住了，放轻松。

H1N1持续横行，我重复着烦琐的采检流程。防护衣、手套、N95口罩、帽套、护目镜……防备一层覆上一层。常常，我感到呼吸有些窘迫，眼镜起雾，发根潮湿，笨重地踏进隔离病房采样。

以前简易的喉头取样，如今变得啰唆沉重。我拿出压舌板，轻压舌头，病患有点想作呕。接着以笔灯探照口腔，随即拿出咽喉拭子刮抹取样。

还好病患是成人，配合度高，采检过程顺畅。我想起先前在儿科病房，喉头采样频繁又紧张。小朋友或哭，或踢，或闹，或紧咬压舌板，或牙关紧闭，他们鲜少合作，或许在被绑、被制伏之后，只能视口为最后防线，力抗白袍，誓死也要捍卫口腔。

约莫那小小年幼，人类便懂得扼口，一种生命的主权宣示。

"来儿科，先学会打开他们的嘴。"我始终记得实习时，一位儿科医师和我说。那时，同学间曾彼此练习喉头采检及口腔检查。

嘴巴张开。

我拿出笔灯，光线照出一枚垂晃之物。这是悬雍垂，小小的葡萄，仿佛有只弹簧装置其内，在呼吸与吞食间精巧升降。

悬雍垂过后是咽喉，肃穆地扼守口腔最深层。不允干犯，不允嬉闹。笔灯探照其上，是瞪视的反光，一种噤声的警示。当色泽转而红艳，是发炎的记号、疼痛的色度。

笔灯往上照，这是腭，口腔的天花板，红润的天幕；往旁照，是扁桃体，口腔世界的保全系统，以化脓与肿大，暗示感染的劫数。

往下照，舌也，善变而灵巧地伸动着。仔细看，舌上布满众多味蕾，酸甜苦咸于此共荣。生命的滋味。赞美与诅咒都来自同条舌根，祸端与祝福于此共载，善缘与恶缘从此缔结，这是口腔里最圣洁也最邪恶的一块肌肉。这里，有人的挑剔和憎爱，有人的饕餮和品鉴，华丽又龌龊。

环照四周，这是齿。臼齿、犬齿、门齿、智齿，或蛀，或阙漏，或结石，或牙斑，齿缝间尽是一则则卫生隐喻。当牙色偏黄转而黯淡，我知道这是关于尼古丁的深陷、瘾的无可自拔。

不只是齿、牙龈，还有之外的口腔黏膜。我曾在艾滋宝宝身上，看见一张鹅口疮的嘴。白雾病灶散生口腔，开了一口疼痛的豆腐花，后来证实是被念珠菌感染。但宝宝不懂得诉说疼痛，仅能闭口拒绝食物咽下，薄弱地哭闹。

笔灯关上，口腔暗去，视觉以外的是难以捉摸的口臭。

口腔，这异色而迷乱的天地，唾液于此漫流，食渣于此肥沃，微生物于此繁衍，细菌、真菌，甚或浮游生物，各自伸张生存野心，一个激躁的乱世。我曾阅读过一篇报道，指出口腔内细菌约略三百多种。原来，我们都含着一个生态，咀嚼一座不安的世界。

口腔还有自己的年龄。我曾在一本杂志读到"口腔年龄"的理念，作者是位来自大阪牙科大学的教授，指出借由蛀牙、牙龈颜色或质地、发炎状况、齿龈结合、牙结石等衡量标准，计算口腔年龄。

嘴巴张开。

啊。乖，要听话，等会才有糖糖吃。再不听话，就要打针。

在儿科受训那阵子，我看过孩子一张又一张的嘴，有人舌头红肿，状似草莓，猩红热或川崎症的线索；有人满嘴水泡，遍口溃疡，肠病毒暗忖于心。诱之以利，恫之以刑，看着孩子被哄、被骗，才勉强张了小口，我能理解，因为我也曾是那哭闹抗拒的孩子。即使成年，仍厌恶任何器物伸入我的口腔，特别是压舌板。那镇压舌尖的，总显得暴力，因为舌尖上有愤怒、论断，也有一支民族的语系。

又如吞胃镜，这简直是侵略。至今我仍无法忘记吞胃镜的作呕、难耐、饱胀。我干呕了几回，感到胃即将翻出，深刻体验到自己强烈的咽反射。只要异物轻触咽后壁，我便感到剧烈恶心。

作呕，本性的反扑。

嘴巴闭上。

什么都不要说。

有天晚上值班，我在走廊上听见男子和孩子叮咛，要他对阿妈的病情封口。

胆管癌末期，肺转移。血色素低。白蛋白低，腹部及下肢水肿，严重营养不良。

"医生，她还不知道病情，我们不想让她知道，希望她没有痛苦，没有挂虑……"家属和我说。

阿妈气色差，对我的问诊不发一语。家属说她脾气有些倔强，可能因为久病，有些忧郁。

嘴巴张开。

啊。你要吃饭。家属在旁哄阿妈吃饭，但她食欲一直都不好，恶心呕吐是常事。我向家属解释插鼻胃管灌食的必要性，但阿妈以手罩住口鼻，拒绝鼻胃管的插入。

阿妈始终不知道自己的病，也未曾索问，或许她倦了，疲乏了，痛惯了。我注意过她的眼神，不是卧床老人那种分散的恍惚，而是凝聚的阴郁。眼里有许多抗拒，想回避，想撤退，是清醒而饱含思绪的。

我在病历本首页贴着一张字条，写着"病患不知病情"，并提醒我的实习医师，接触阿妈应有的言语戒慎。

"寒暄就好，病情一字都不要提。"

嘴巴闭上。

当上住院医师以来，我曾几次被要求封口，演练善意的谎言。除了癌症，那些疾病与病史背后，往往包藏着嫖妓、吸毒、窃盗、走私或虐童。这谎言，用善意包裹恶意，混淆不清，拉锯对峙。

我克制唇舌，收阖情绪，在道德与典章间，也在实情与信赖间。

"我以前吸毒，现在改玩大象（一种麻醉药），没钱了嘛！这个不能写在病历上。"

"我上个月去泰国嫖妓，只有口交。这只和你说。"

曾有主治医师和我聊到，一名病患验出HIV阳性，要求保密，并保证不与妻有性行为。但主治医师还是告知了病患的妻子，并通知她应受检HIV。然后，是一场婚姻的碎裂，家庭的毁灭。

嘴巴闭上。

什么都不要说。

"她不知道病情。"

那晚，我又听见男子和护理人员叮咛，关于阿妈病情的封口。

嘴巴张开。

啊。不行，什么都看不到，麻烦再张大一些。

有天值班，我正为一位鼻咽癌经电疗的病患采检。他的口腔很窄，嘴张开的幅度不到二指，严重纤维化。这使我想起实习时，曾遇见一位呼吸衰竭的阿公。当决定紧急插管时，阿公口紧闭，后来勉强撑开，却吐出一摊墨绿汁液。费了一番功夫，插管终于成功，接上呼吸器。让机器掌管呼吸。

总会有些口腔特别窄小，让我无意间想起。暗去的视野，隐现的构造，似乎都有着坚持。

坚持，更在口腔外表。

有次，一位口腔癌病患和我聊到，他宁可其他器官长癌，也不愿口腔长癌。我望着他削去大半的脸颊，尽是皮瓣移植的纹路。那滴着汤汁与血水的病灶，把病痛与折磨衬得鲜明。厚重纱布层层堆叠，却难掩溃烂之口——生命美感的要关。他缓缓吐出几句话后，嘴巴闭上。沉默。与我对望。

仿佛闭口以后，腥臭可以紧紧密封，情绪可以静静消化。

嘴巴张开。

"难过就说出来，没关系的。"社工对他说。

嘴巴张开。

啊。再张大，你要吃饭。

几天后，当我来到阿妈身边，看护正试图以碎豆花喂食，但阿妈始终不张口。即使勉强吃了几口，便又吐了出来。她开始力抗美食，与肚腹作对。不久陷入昏睡，心律不齐，呼吸浅快，血氧浓度不足。

"让她顺其自然吧！我们不要急救，不插管、不电击、不心肺复苏。"家属说。

我想着家属口中的"不插管"，铿锵而坚决。或许人老了都要守住口，拒插管是最后的防线、最后力薄的抵御，即使隐含了放弃。

那个清晨，血压渐降，心跳渐趋缓慢，阿妈终究是离去了。没有人硬生生扳开她的嘴。她扼住了自己的口，靠着面罩勉强挤压空气呼吸。微薄残喘里，扼守尊严与宁静。留一口气回家。

然后，嘴巴永远闭上了。

嘴巴张开。

啊。很好，忍耐一下，有点不舒服。

至今，H1N1疫情尚未控制，因为工作关系，我仍不定时接到疑似案例，得全副武装进行采检。望着那口腔，我总讶异：这方寸大的腔室、几句舌尖话语，竟可衔起纷争、叼来灾祸、吐出悲剧。

有人说，脑为人之首、生命之中枢；也有人说，心为人命之所在；我则感到口为人之要。气息之口，肚腹之口，言语之口。挟喘呼，扼嘴欲，守密情。在这病毒动乱、飞沫都充满不确定性的时节里，口更关系着一场人类瘟疫。未知的劫难。

于是，早自初出婴幼，老至日暮垂矣，人们扼口，保住一口气息，留出生命的通道，故事的出口。

黄信恩

创作以散文为主，作品曾获联合报文学奖、梁实秋文学奖、时报文学奖等，并入选九歌年度散文选。

论吃饭

焦桐 / 文

1

一九九〇年冬天，我在登湘西天子山途中，遭遇了一场大风雪，可能风雪实在太大了，使天色提早暗了下来，使陡峭的山路更迷茫。其他登山客已杳无踪影，饥饿感加深我的疲惫，不知还要走多久才能走到投宿的客栈？

天色全黑了，山上的客栈门口，坐着一位约莫十二岁的女孩，正捧着一脸盆饭在吃，白米饭上并无菜肴，只浇了一些炒得黑褐的辣椒，蒸汽升腾在风雪茫茫的山里，津津有味地召唤我的饥肠。我多么想问她，偌大的脸盆你吃得完吗？你果真吃得完？我爬山又累又饿，渴望和小女孩分享她抱着的那半个脸盆的辣椒饭。

那盆辣椒拌饭如梦似幻，多年来一直萦绕在脑海。我是个大饭桶，饭量大，饭欲旺盛，每天从早餐开始就渴望吃饭，我明白这一张肚皮是为吃饭而存在的。这一张肚皮，也是贪吃的报应。

我们见面时的问候语："吃饱未？""吃饭了没？"可见华人的饮食文化，一直将"饭"等同于"餐"，早饭、中饭、晚饭的意思是早餐、中餐、晚餐。

中国的饮食结构中，米饭可能占了最显著的坐标，历史上每次稻米歉收，常酿成暴乱。河姆渡遗址出土的大批谷物、骨耜、炊具和陶釜，证明了七千年前先民已栽植稻谷，并且以稻谷为主食。《论语·乡党》中有"肉虽多，不使胜食气"之语，强调饮食以五谷为主。袁枚也说："粥、饭本也，余菜末也。"这种主食的观念从先秦至今，深植在民族的意识中。

在台湾，稻米不仅是主食，也是沟通神鬼的媒介，可见这种好东西，人神俱爱。云林县褒忠乡的"吃饭担"是祈求平安的饭，由各村庄轮流主办，"吃空空，才会好年冬"。十八世纪台湾人生病，常会请巫师以"米卦"诊疾祛病，地方志略多有记载米卦的巫俗：病患没胃口时，先令其饮甜粉汤，病情稍微好转则用一盏米泡九盏水煮食，称为"九龙糜"，或吃雏鸡。如果没有起色，就请红头师进行米卦：携一撮米去占病情，贴符行法，祈祷神鬼，鼓角喧天。红头师非僧非道，都以红布包头，故名。

2

米食比面食具饱足感，饥饿时特别想吃米食，狼吞虎咽中带着一种珍惜的意思。阿城的《棋王》描写棋王吃便当，由于太饿吃得太快，喉结收缩，脸上绷满了青筋，又常常突然停下来，谨慎捡食嘴边、下巴上的饭粒；若饭粒不慎落地，他立刻定住双脚，转身寻找。早年读这篇小说，颇为叹服那深刻的饥饿描写。

有一回我在汉神百货地下餐厅吃韩国烤肉，老板问我主食要吃面还是冬粉？我说想吃饭。

"没有饭！"她面无表情。

我非常讶异，没有饭？甚至不必解释，竟也无歉疚的意思，吃韩国烤肉配面条或冬粉？我一定瞎了眼才走进那家店。

米饭之于华人，犹如pasta之于意大利人、面包之于法国人。我们判断餐馆的优劣，仅从米饭和面包即可略见端倪。我坚信不能煮出一锅靓饭的餐馆绝非好餐馆，然则大多数的餐馆已经忽视煮饭了。开口跟服务员讨饭吃，有点像掷骰子，幸运时会碰到差堪入口的。运气背的话，会遭遇已然面貌模糊的饭粒，非但不忍多看一眼，也无心再吃菜肴。

有天中午带妻女去一家知名的日本料理店，我看到那碗白饭，即升起不祥的预感，吃了一口，果然饭粒黏糊糊的，有些则显得干冷，不仅饭煮坏了，显然还掺了隔夜饭。对待饭的态度如此恶劣，能做出好菜吗？接着端来的一盘烧肉，洋葱酱汁旁边紧邻着罐头玉米粒、豌豆苗、苜蓿芽，千岛酱竟淋在洋葱酱汁上，看起来像巫婆的鼻涕。

已经好几年了，我真希望有一天终于能将那家店的记忆永远抹除，当它只是一场噩梦。

未必大家都欢喜吃饭，有人只吃土豆泥，无法忍受米饭里面没有油、盐和奶油。日本小说家山本周五郎（一九〇三年——一九六七年）嗜肉，却非常厌恶米饭，竟说"刚洗完澡神清气爽的身体里，要是装满米饭还一边打嗝，根本无法发挥我的创作精神"，他甚至主张："应该尽可能将稻田赶出这个国家。"这个肥仔大概相信米饭令他变笨变衰弱，真是匪夷所思。

<h2 style="text-align:center">3</h2>

然则日本人可能最擅长植稻、煮饭，他们长期研究种植和烹煮，认真计较稻米的产地、品种、收割、晒谷、水质，将它从食物层次提升到审美层次，饱含着文化的意涵。

二〇〇一年秋天，我参与一项现代诗翻译计划，在日本秋吉台国际艺术村住了四天，准时上下班般，每天早晨开始工作，晚上才得休息。那里临近国家公园，环境十分优美，可惜一时无暇游走观赏，每天辛勤工作，最值得等待的事就是吃饭。无论中午或晚上，那锅饭总是蓬松、清新，朴实而单纯地表现米饭之美，长久以来，我想念那锅白米饭远甚于秋吉台的风景。

煮一锅好饭的先决条件自然是选择好米，台湾最知名的当属池上米，池上米即是池上乡所产的米。池上乡位于中央山脉、海岸山脉间新武吕溪的河谷冲积平原，土壤、气候、水质都适合培植良质米，日本殖民统治时期曾是进贡日本天皇的御用米。池上米在比赛中迭获冠军后价格飙涨，跟茶叶比赛的冠军茶一样。

再好的米也不要囤积，盖新碾的米最美味，我每次买米都不嫌麻烦，只买一包。大量喷洒过农药的稻米存放得再久也不会长虫，优质有机米则难免虫害，办法是放一球蒜头或几条红辣椒在密封的米桶罐里，有驱虫效果。

平常，我喜欢在仁爱路"忠南饭馆"吃客饭，两大锅不同的白米饭无限量供应，厚重的老外省口味，非常下饭，我通常会先吃一大碗在来米饭，细嚼慢咽；再吃蓬莱米饭，狼吞虎咽。

在来米即籼米，从前台湾只有籼稻品种，日本殖民统治时期，日本人称本地米为"在来米"，意思是本地栽种的米。不过他们还是喜欢吃软黏的粳米，遂引日本粳米进台湾，栽培成功后取名为"蓬莱米"，意谓来自蓬莱仙岛的米。可见在来米、蓬莱米都是日本殖民统治时期的名字，不如籼米、粳米来得准确。粳米依精白程度可区分为糙米、胚芽米、白米。

市面上米的种类越来越多，米粒依长度可粗分为短、长两种，短粒米分布甚广，长粒米以印度、泰国、缅甸、柬埔寨为主。依颜色分，有白、红、深紫、黑。随着健康意识抬头，有机米、合鸭米的品牌也日益增多，并且更讲究生产履历和米粒的饱满、透明度、弹劲。

"合鸭米"又称"鸭间米"，乃鸭、稻共栖共荣的有机米，这是台湾农民的创意：放鸭入稻田间，让鸭子啄食田里的害虫如福寿螺、负泥虫等，鸭子的排泄物又成为稻株的肥料。据说这种稻株的细胞壁较厚，根部发育完整，较能吸收土壤里的矿物质。

长米有点像骑墙派，蒸煮后不具黏性，颗粒各自独立，善变，不强调自我，适合用来制作各式菜饭或炒饭。香米则个性拘泥，坚持主体性，烹煮时会散发芳香，不宜添加咖喱、姜、椰汁、西红柿、蔬菜等外物。糯米通常用蒸的，是制作米糕、粽子、甜点的好材料。

糯米有非常顽固的黏性，从前常用来建造桥梁、房屋，苗栗的龙腾断桥俗称"糯米桥"，这座砖造拱桥建于日据时期，采荷兰式砌砖工法，以糯米黏接砖块，是台湾铁道旧山线海拔最高、跨距最大的桥梁，精致如艺术品，极壮观极美。桥的结构虽则严密坚固，可惜位于大断层带上，重创于一九三五年关刀山和九二一两次大地震，如今只剩下拱形桥柱供人凭吊。我每次去三义吃客家菜，总会被那座断桥吸引过去，仰望它平静矗立于荒草野岭，在放肆的鸟鸣中，带着岁月风霜的形容。

4

米饭总是带着一种朴素的美感，自足而清纯。饭本身如果优秀，不必佐侑任何菜肴，即滋味无穷，汉代枚乘有言："楚苗之食，安胡之饭，抟之不解，一嚈而散。"可见以好米煮出好饭是了不起的美味。

袁枚也说，饭乃"百味之本"，"饭之甘，在百味之上，知味者，遇好饭不必用菜"。他公布要把饭煮得颗粒分明，入口软糯的四项秘诀：一、米好；二、善淘；三、用火要先武后文，焖起得宜；四、放水要燥湿得宜。

寺沢大介的漫画《将太的寿司》叙述煮饭的知识颇为高明，这部漫画不管情节铺排、角色刻画，性质上属于通俗剧的典型手法。通俗剧最明显的特色是遵守奖善罚恶的道德正义，剧中是一个善恶分明的世界，善良者无论如何饱尝苦难，最后一定得到善报；邪恶者即使如何小人得志，最后必定自食恶果。从这种逻辑出发，人物、情节便需诉诸煽情，让读者为主角的落难叹息、怜悯，并对欺压善良的强权产生愤怒。男女主角、恶棍、谐角等这些标准角色组成了这部流行漫画的基本人物。将太这个勤恳认真的少年，几乎以全部的生命力在捏制寿司，每一次都凭不懈怠的努力弥补了材料的缺陷，他所投注的时间、精力，是最令我服膺的日本文化。

饭冷却后，加糖、盐和醋搅拌，即成寿司饭，寿司饭因覆盖、包裹材料的不同又变化多端，非常华丽。从前我不敢吃寿司，看米饭在师傅手里捏来捏去，可能还随手拨顺滑落的头发，抓抓身体的痒处，再拿一片鱼肉放在醋饭上，想起来就觉得恶心。读这部漫画后，竟着了魔般想吃寿司。寿司这种日本庶民食物，一定要用煮得非常好的饭，以非常新鲜的海产当场捏握而成，因此师傅必须有非常洁净的卫生习惯。

池波正太郎在《食桌情景》中说："寿司店的师傅应该坚持要理利落的小平头，时时都保持整洁干净，胡子也得刮得干干净净，握寿司的双手指甲也要干净到让人家觉得用舔的也没关系的地步。"他喜欢光顾的小店，老板捏握寿司时，眼睛炯炯有神，面露精光，予人一种神圣的感觉。

煮饭成功的关键在于水量的控制，包括煮饭时的气温、湿度，都影响些微的水量差，是调节水和火候的参考。为了精准控制水分，我洗好米例先滤干。如果没有电锅，煮饭显得有点麻烦——首先需准确拿捏水量，一般米和水的比例约1∶1.5，蒸饭的米水比例则约1∶1.2，棕米、红米需要更多水。传统方式是手掌按在米上，以水刚好可以盖过指关节为准；或倒竖拇指贴着米，水量抵第一关节处。已经兑好水的米在炉上煮，锅盖只阖四分之三，煮沸时，转为文火续煮十五分钟，直到锅内水分已干，阖紧锅盖，熄火，焖十分钟。

若煮港式煲饭，则米水比例约3∶5，还得视米之新旧、长短，用细砂锅，鼓猛火烧到米胀水干，才放下腊肠腊肉，改文火细烧，直到腊味的油脂消融，煲底的吱吱声传响饭的焦香。

煮饭要煮到松软适口，"米伸不开腰"算是基本动作，淮扬人煮饭讲究"水始冷，武火滚，干汤以后文火焖。水要准，汤莫损，文火以前米翻身"，意思是在烹煮前将水量必须准确控制，煮的过程不可再增减变化，大火烧开，小火焖饭，并在干汤前稍稍翻一下米，以使受热均匀。

最要紧的基本动作是煮的过程不能任意增减水量，李渔以煎药为喻，解答不善厨事者煮饭熬粥常徒具美形，却无美味，关键在于：

> 粥水忌增，饭水忌减。米用几何，则水用几何，宜有一定之度数；如医人用药，水一盅或盅半，煎至七分或八分，皆有定数。若以意为增减，则非药味不出，即药性不存，而服之无效矣。不善执爨者，用水不均，煮粥常患其少，煮饭常苦其多；多则逼而去之，少则增而入之。不知米之精液，全在于水，滗去饭汤者，非去饭汤，去饭之精液也。精液去则饭为渣滓，食之尚有味乎？

煮饭煮到一半，觉得水好像放得太多，遂舀了一些出来，会使锅内的饭滋味尽失。感谢电锅的发明，我们只要压下按键即可搞定，完全不必再掀锅盖观察。不过煮饭前须先了解米的特性，才能诱引出米本身的滋味。

米的天性既纯真又深情，跟什么水结合，加热，就变成什么饭。煮饭的过程因此富于变化，若采用鸡汁煮饭，即煮出鸡饭；加入姜汁烹，则煮出姜饭；加入柠檬汁，就是柠檬饭；加入椰浆，自然呈现椰浆饭；加入墨鱼汁，锅子里将变出乌亮的墨鱼饭……《清稗类钞》："炊米为饭时，欲其洁白，可入柠檬汁少许于水中，且松散。"

淘米切忌粗鲁，需以涡旋方式温柔淘洗，不必洗到完全清净洁白，否则养分有流失之虞；也不可使劲搓揉米粒，以免断裂、破碎了米的原形。去除米粒中的脏物后，淘洗、倒水的速度要快，因为溶出的米糠粉很容易被米吸收，令煮出来的饭残留着米糠味；虽则讲究敏捷，却不可有丝毫粗暴，重复换几次水，直到水显得有点清澈。

5

烹煮菜饭得掌握内外兼修之道，煮前须将米浸泡半小时以上，先滋润米心，煮出来的饭粒才会内外软硬一致，特别是锅里加了大量的菜时，未浸泡过的米煮出来常常半生不熟。浸泡生米的时间依种类而异，一般粳米、小米、寿司米泡半小时足矣，糙米需一倍时间，五谷米、杂谷米和薏仁、玉米、扁豆之属需二小时，糯米则需三小时。

我常煮的菜饭包括麻油鸡饭、腊味煲饭、干贝海鲜菜饭、紫苏梅饭、南瓜饭等等，每一次煮都用不同的主菜、配料组合，其中的变化，带着创作的乐趣。我暗忖，女儿留学前，若习得此艺，就能以一只电锅走天涯。

我煮麻油鸡饭，是先煮一锅鸡酒，再用那锅鸡酒来煮饭，成品的魅力难挡，吃过的亲友总是要求将剩下的饭装便当回家。我有时也被自己煮的麻油鸡饭感动莫名，我心所爱戴，我灵所仰慕，它总是唤起我的米饭激情。

在台北，我偏爱"隆记"的上海菜饭，如果单独吃饭，我辄点食"排骨菜饭"，再加一盘清炒虾仁或蚕豆、葱烧鲫鱼；那菜饭煮得偏向软烂，饭香、菜香、油香融合得十分快乐，一种老上海弄堂的滋味。

每次去澳门，我必吃"九如坊"的焗鸭饭，九如坊最闪亮的招牌是行政总厨卢子成，他历任七位澳门总督的御厨长达二十五年，也是首位华籍御用主厨，其厨艺乃中西并治的典型。此饭他每天只做二十五份，卢师傅教我以鸭骨所熬的高汤浸米二十分钟，再一层米一层鸭油烤四十五分钟。鸭肉则先烤过再去骨，和葡国香肠一起铺在饭上面，米饭饱吸了鸭汁和肉香。我每次点这饭，同桌的朋友无论已吃得多饱，都会央求再吃一大碗。

回想从前农家用柴火铁镬煮饭，锅底不免饭焦，常将此焦饭置于竹筥上晒干，做完农事回家，用热茶泡软，撒一点粗盐，乃寻常解饥良食。现在的锅巴有更多妙用，如锅巴虾仁。

有一次去评审台湾米料理，很惊艳开平餐饮学校孩子们的创意。原来米饭不仅是主食，也可以制成点心、沙拉、冰淇淋、慕斯，再以器皿选择、摆饰呈现，颇有顶级精致料理的架势。

吃饭很像家居生活，平常到地位低落的地步，往往忽略其存在，名称明明叫"主食"，却吃成附属品，越讲究的饭馆越挑精拣肥，专吃各式菜肴，从来也不配一口饭。

白饭之于佳肴，好比画布之于色彩和线条。一席筵宴总不乏华丽的菜肴，互相争奇斗艳；若缺少白饭的搭配调和，不免会彼此扞格。

我大学毕业未久，在罗斯福路巷子里的地下室上班，事多钱少，深觉台北居大不易，忙得无暇读书，遂辞去工作，报考艺术研究所。当时距考试日期只剩个把月，我每天煮一锅白米饭，煎一块白带鱼，竟也吃得有滋有味，如今回想，那锅白米饭生成充沛的能量，竟支撑了我清贫的学生生涯。

焦桐

台湾作家，曾任《文讯月报》编辑，台湾《中国时报》人间副刊副主任。